Le bout du tunnel

David Atlan

I0622991

Jérôme Dumont

ISBN 978-2-924579-04-6

Dépôt légal Canada – août 2015

1.

Je m'appelle David. J'ai quarante-deux ans. Je viens de divorcer et je suis donc fauché. Comme les blés.

Vous savez, le genre qui doit cumuler plusieurs emplois pour joindre les deux bouts.

Parce qu'une séparation, laissez-moi vous dire que ça met sur la paille.

Vous allez penser que je suis bucolique, à vous parler de blé, de paille. Que nenni ! Je suis tout ce qu'il y a de plus citadin et j'ai une sainte horreur de la campagne. Encore un truc qui me séparait de mon ex-femme. Mais, revenons-en à nos moutons… Oui, je sais : encore une métaphore qui sent bon le terroir.

Laissez-moi d'abord vous raconter comment la séparation s'est passée, vous comprendrez mieux comment j'en suis arrivé là.

Un dimanche comme tant d'autres, morne, sans aucune autre perspective que le prochain retour au bureau, je n'en ai plus pu. J'ai tout balancé à Stéph'. Je me souviens parfaitement des mots employés : « *Stéph', je n'en peux plus. Je suis en train de mourir à petit feu ici. Ton monde et le mien me semblent tellement éloignés que je me demande ce qui a pu un jour nous unir. À chaque chose, chaque petit détail sur lequel je me penche, je me rends compte à quel point, aujourd'hui, nos points de vue, nos attentes, nos envies sont opposés.* »

Que croyez-vous qu'elle m'a répondu ? Rien. Pas un mot. Juste un simple petit rictus sur ce visage que je ne peux toujours pas me résoudre à enlaidir. Elle savait. Depuis longtemps. Mais n'en avait rien dit. Les femmes sont étonnantes. J'aurais parié ma chemise qu'aucune n'était prête à laisser pourrir une situation comme un homme se plait à le faire. Comme quoi…

Là où elle s'est montrée très prévisible en revanche, ce fut lorsqu'il s'est agi de discuter des modalités financières de la rupture et de la garde des enfants. Son intransigeance à ces égards expliquait *a posteriori* sa grande patience : puisque j'initiais la séparation, il fallait que je « paie ». Alors j'ai payé. Le prix de ma liberté.

Et c'est ainsi qu'après mes journées de travail aussi longues qu'inintéressantes, j'ai entamé une seconde carrière. Oh, j'en ai essayé plusieurs avant d'échouer dans une station-service plantée sur l'autoroute, entre vingt-deux heures et cinq heures. Oui, c'est moi, le gars qui encaisse votre essence derrière sa grille et sa vitre pare-balles. Croyez-moi, j'en ai vu des vertes et des pas mûres. Tout ça pour un salaire de misère, payé au lance-pierre par ce con de gérant qui pue la transpiration dès le petit matin.

Et c'est là que je l'ai rencontrée.

Non, ce n'est pas ce que vous croyez, calmez-vous.

France Pasquier. Celle qui m'a permis de me sortir de ce trou. Elle est arrivée un soir pluvieux de novembre, dans sa Mercedes qui semblait en bout de course, une épaisse fumée noire en guise de traîne. Ne venez pas me raconter que ces bagnoles sont fiables, hein. Elle a demandé que je vienne l'aider. Avec un extincteur. On apprend à devenir méfiant, en pleine nuit sur l'autoroute. J'ai vérifié toutes les caméras de surveillance : il n'y avait que sa voiture aux alentours. Je l'ai longuement détaillée. Elle avait tout d'une bourgeoise : bien habillée, impeccablement coiffée et maquillée. Elle ne devait pas être loin de la soixantaine. Des yeux noisette perçants. J'y décelais la volonté de quelqu'un à qui on n'a jamais dû refuser grand-chose alors même qu'elle se faisait violence pour demander et non ordonner.

Il n'y avait plus rien à faire pour sa voiture qui dégageait une odeur âcre de plastique et de caoutchouc brûlé.

À trente kilomètres de Paris et à quatre heures du matin, ses options étaient limitées. Je lui ai proposé d'appeler une dépanneuse. Elle a refusé, m'indiquant que son bureau viendrait récupérer la voiture le lendemain. Elle n'a pas non plus voulu d'un taxi. J'ai commencé à me méfier. Elle l'a senti et a entrepris de me rassurer : elle avait besoin de « discrétion ». Curieux, mais possible. Une femme de ce standing et de cet âge n'avait pas exactement le profil de la femme adultère, ni d'une Mata-Hari.

Lorsque nous sommes rentrés dans la station, elle s'est approchée des machines à café. Je l'en ai rapidement dissuadée, en lui offrant de partager ce qui restait de mon vieux thermos.

Le café aidant, nous avons commencé à parler. Échange de banalités qui a vite glissé sur le travail de nuit et sa difficulté :

— Ça fait longtemps que vous travaillez ici, de nuit ? Ce n'est pas trop pénible ?

— Six mois. Oui, c'est pénible, surtout que c'est mon deuxième boulot. Je travaille dans un bureau à la Défense pendant la journée.

— Deux emplois ? Vous êtes bien courageux, dites-moi…

— Courageux ? Je n'ai pas le choix. Un divorce, deux adolescents, une ex-femme qui a gardé la maison…

— Je vois.

Avec son tailleur dont le prix devait dépasser mon salaire mensuel, je ne pense pas qu'elle voyait vraiment, mais je n'en ai rien dit. Ma gêne devait être palpable car elle a rapidement enchaîné :

— Avec vos ados, ça se passe comment ?

— Ma fille ne me parle quasiment plus et mon fils passe ses journées derrière ses jeux vidéo…

— Des enfants comme tous les autres, si je comprends bien.

Elle avait l'âge d'avoir des enfants de trente ans mais je la sentis étonnamment proche de mon désenchantement. Ses yeux me scrutaient. Le moindre de mes mouvements était observé, décortiqué, analysé. Curieusement, ça ne me dérangeait pas. Après tout, elle m'offrait un début de la thérapie que je n'étais pas capable de me payer.

Elle se leva et me dit en souriant :

— Au fait, je ne me suis pas présentée. France Pasquier.

Je me levai à mon tour et déclinai mon identité : David Atlan. Je guettai sa réaction. Quand on s'appelle comme moi, la question qui suit est la plupart du temps inévitable. Elle ne fit cependant aucune allusion à mes origines, audibles et visibles comme le nez au milieu de la figure…

— Monsieur Atlan… David, si vous le permettez, puis-je vous demander un immense service ?

— Avant de vous dire oui, il faudrait que je sache de quoi il s'agit…

— Je vous rassure tout de suite : j'aurais besoin que vous me prêtiez votre voiture. Vous êtes bien venu travailler ici en voiture, n'est-ce pas ?

— Oui. Sauf que je dois également me rendre à mon travail de jour lorsque j'aurai fini ma nuit ici.

Elle afficha l'air contrarié de quelqu'un qui avait déjà imaginé, à partir d'une idée, l'intégralité de son « plan ».

Après un rapide coup d'œil à ma montre, je trouvai une solution satisfaisante pour tout le monde :

— Je finis dans trois quarts d'heure. Je pourrai vous ramener sur Paris, qu'en dites-vous ?

2.

Elle s'était installée dans ma vieille Twingo pourrie avec une élégance qui n'aurait pas déparé dans une Bentley. Tout en délicatesse. Cette femme dégageait un charisme indéniable. La simplicité avec laquelle elle semblait s'adapter à toute situation contribuait à ce sentiment. Elle parlait peu, observait beaucoup. À la réflexion, ce n'était pas le bon terme. Elle écoutait. Même lorsqu'il n'y avait rien à dire. Elle en imposait mais, curieusement, sans oppresser ou écraser son entourage. Moi, en l'occurrence. Dans mon tas de ferraille, jonché de bouteilles vides et autres emballages. Un remède contre le vol. Mais qui aurait bien pu en vouloir ?

Nous roulions en silence. J'avais coupé la radio. Nous n'étions pas suffisamment intimes pour que je partage mes appréciations sur la musique ou pire, les informations du matin. Je devais la déposer porte d'Auteuil. Sûrement dans un immeuble à mille kilomètres du mien, situé dans l'un des pires coins du XIXe. J'essayais d'imaginer la vie de cette femme, France Pasquier, qui partageait ma voiture. Je l'imaginais allant de vernissages en dîners mondains, ne pouvant m'empêcher de penser que, même dans ces endroits fréquentés par des gens blasés à l'extrême, elle devait faire, à chaque fois, son effet. J'essayais à présent d'imaginer son mari. En avait-elle seulement un ? Dans l'affirmative, il n'y avait pas trente-six solutions : soit c'était une potiche achevée, soit il s'agissait d'un homme d'importance et de pouvoir. Plus j'y pensais, moins je l'imaginais affublée d'un simple faire-valoir. Peut-être qu'au fond, elle était simplement célibataire. Je jetai un œil à sa main gauche, en quête d'une alliance. La réponse devrait attendre : elle portait des gants noirs, parfaitement ajustés. Alors que mon esprit vagabondait, elle brisa le silence :

— Vous n'êtes pas quelqu'un de très curieux, vous l'a-t-on déjà dit ?

Je soupirai avant de répondre :

— Stéph', enfin mon ex-femme, me l'a assez souvent reproché. Vous devez avoir raison. Je ne pose pas beaucoup de questions. J'observe, comme vous.

Qu'est-ce qui m'avait pris de lui balancer ça ? Sitôt ma phrase terminée, je m'en mordis les lèvres.
Elle ne sembla pas s'en formaliser. Bien au contraire :

— C'est une qualité rare de nos jours. Au milieu du brouhaha général, des avis que tout le monde a sur tout, savoir se taire devient une grande qualité. Je déduis cependant de votre réponse que vous n'en êtes pas moins curieux. On n'observe pas lorsqu'on n'est pas curieux.

J'approuvai, sans en rajouter. Je commençai déjà à penser à cette journée de travail qui m'attendait, la pile de dossiers à vérifier. Le travail le plus abrutissant que je connaisse. Fallait-il que je sois désespéré et que j'attende avec impatience et nécessité la prochaine paie pour y retourner, jour après jour, semaine après semaine…
France Pasquier se fit soudain interrogative :

— Dites-moi, je ne pense pas beaucoup me tromper en affirmant que vous vous passeriez volontiers de vos deux emplois, n'est-ce pas ?

— Ah ça ! J'ai bien essayé de trouver autre chose que mon boulot de gratte-papier dans les assurances mais le marché étant ce qu'il est, je n'ai guère d'autre choix que de m'y accrocher. Quant à mon autre emploi, j'espère trouver rapidement quelque chose de plus intéressant mais les contraintes d'horaires limitent beaucoup les opportunités.

— Et si je vous proposais une « autre » façon d'occuper vos soirées ?

Oula. Qu'avait-elle en tête ? Était-elle le genre à fantasmer sur un uniforme de pompiste ? Ça ne lui ressemblait pas et rendait la proposition encore plus inquiétante. J'essayais de me reprendre : qu'avais-je perdu en cours de route pour me méfier à ce point-là de tout et de tout le monde ? Je blâmai le monde dans lequel nous vivions, cette méfiance confinant à la paranoïa. Je n'avais pas toujours été comme ça. En fait, je n'aurais jamais pu imaginer que ma vie tournerait comme elle l'a fait. Une enfance sans souci. Jusqu'à la mort de ma mère et la dégringolade de mon père. Ma mère était le moteur de la famille. Sans elle, nous nous sommes retrouvés comme des cons, d'abord à faire du sur-place, puis à régresser. En fait, c'est le jour de sa mort que tout a basculé. Instantanément. Plus vite qu'un claquement de doigts. De là à penser que c'est de sa faute si nous en sommes arrivés là, il n'y avait qu'un pas, que mon père a franchi. C'est ce qui l'a détruit et a foutu en l'air une bonne partie de moi.

C'est bien simple, des jours heureux, je ne me souviens de presque rien.

Je regardai cette femme, les sourcils froncés. Elle poursuivit :

— Ne vous en faites pas. Il ne s'agit pas de ce que vous imaginez.

— Ah ! Mais je n'imagine rien !

Elle se fit plus insistante :

— Ce n'est pas ce que vous imaginez.

— Puisque vous lisez dans mes pensées, il est inutile que je m'escrime à vous convaincre du contraire de je ne sais quoi.

Cependant, je ne lis pas dans les vôtres, alors vous pourriez peut-être m'en dire plus ?

— Pas maintenant. Voilà ce que je vous propose. Revenez me voir ce soir à l'adresse où nous arriverons dans quelques minutes. Je vous expliquerai tout à ce moment-là.

— Vous êtes bien mystérieuse ! Et comment je fais avec mon boulot à la station-service ? Je ne peux pas me permettre le luxe de lâcher la proie pour l'ombre !

— Vous n'aurez qu'à dire que vous êtes malade. Ça nous donnera l'occasion de vérifier que vous êtes fait pour les tâches que j'ai à vous confier.

Nous étions arrivés en bas de son immeuble. Une bâtisse cossue mais sans luxe ostentatoire. Une construction de la fin des années soixante-dix. Avant que je n'aie pu dire un mot de plus, elle était dehors et, se penchant vers l'intérieur de ma Twingo, m'indiqua :

— Appartement 3B, dix-neuf heures. Venez dans votre tenue de travail. Celle de jour, bien sûr.

3.

Dix heures trente. Seulement. J'aurais mieux fait de m'abstenir de consulter ma montre. Encore deux longues heures avant que la matinée ne s'achève. Enfin, c'est une façon de parler puisque je ne prends même pas de pause déjeuner, histoire de partir un peu plus tôt que mes « chers » collègues. Ce genre de pensée est devenue une seconde nature. Bon Dieu, que je déteste ce boulot. Au moins, ce fameux *« open space »* me permet de me distraire. On s'évade comme on peut. J'observe tout ce qui se passe autour de moi. Je suis même devenu bon à ce jeu-là, capable de deviner à peu près tous les commérages et les histoires de fesses qui se déroulent sous mon nez. Tiens, voilà Dupré qui arrive. L'air satisfait qu'il arbore en dit long sur sa soirée de la veille. Pas la peine de chercher très loin sa distraction : elle est pile dans ma ligne de mire. Valérie. Des semaines qu'elle lui tournait autour, à minauder, l'air de ne pas y toucher. Il faut dire qu'après avoir annoncé – même à qui ne voulait pas l'entendre – qu'elle se fiançait avec son Jonathan, elle a joué ses cartes discrètement. Un peu plus de parfum par-ci, une jupe un poil plus courte par-là et des œillades à peine appuyées en direction de Dupré. Le plus beau dans tout ça, c'est qu'en dehors de moi, j'ai l'impression que personne ne s'est rendu compte de quoi que ce soit. Pas même du fait, qu'imperceptiblement, plus elle avançait dans ses « manœuvres d'approche », plus elle en rajoutait sur son Jonathan, à la cafétéria, dans les couloirs ou à la machine à café.

Il faudra qu'on m'explique ce qu'elle peut bien lui trouver à Dupré. On ne peut pas dire que ce soit un prix de beauté, ni qu'il soit « beau comme Crésus »… Quant à une éventuelle promotion canapé, vu sa position dans l'organigramme, ça ressemblerait plutôt à de la promotion-tabouret !

Il ne reste plus que l'attirance animale, irrépressible. Il diffuse peut-être des jets de phéromones qui me passent au-dessus de la tête. Si c'était le cas : ça devrait fonctionner avec toutes les filles du bureau, non ?

Sur ce questionnement métaphysique, je me confiai la mission d'en apprendre plus. À chacun ses petits défis !

Je replongeai ensuite dans la pile des dossiers d'indemnisation qu'il me restait à examiner. Je passai des accidents de la circulation les plus banals aux cambriolages. Je ne vous ai pas encore parlé en détail de mes tâches ? Sans doute parce que je ne les trouve guère passionnantes. Je travaille en amont des experts sur le terrain pour la compagnie d'assurances qui m'emploie. Ma tâche est de recommander une enquête approfondie, le cas échéant. C'est alors, et alors seulement que les experts se déplacent. Lorsqu'il n'y a aucun doute quant au bien-fondé de la réclamation, j'utilise un beau tampon vert, indiquant un gros « OK » on ne peut plus limpide. Dans le cas contraire, le tampon est rouge et mentionne « Enquêter ». Je sais ce que vous vous dites : de quoi se plaint-il ? Il y a pire comme boulot. Il doit en voir de toutes les couleurs, avoir plein d'anecdotes à raconter…

Oui, et bien non. D'une part, ces tâches sont la partie la plus intéressante du travail. L'essentiel de mon temps consiste à valider que chaque dossier contient bien toutes les pièces nécessaires, a suivi la bonne voie administrative et se trouve encodé correctement dans notre système informatique. D'autre part, en fait d'anecdotes, je ne compte plus le nombre de vitres de voitures soi-disant fracassées mais sans aucun éclat de verre nulle part, ou alors une vitre déjà rayée alors qu'elle est supposée avoir été remplacée la veille… Sans parler des téléphones portables volés dont le numéro de série réapparaît sur des sites de ventes bien connus, vendus par les soi-disant victimes… Que les gens peuvent être naïfs, c'est dingue. Voilà l'essentiel de mes anecdotes. Vous avouerez qu'il n'y a pas de quoi fouetter un chat, ni se relever la nuit. Ces histoires, ça faisait bien longtemps que Stéph' n'en était plus friande. Quant aux enfants, passés leurs dix ans, âge auquel ils ont cessé de me regarder comme leur Dieu, il ne fallait pas espérer en tirer la moindre bribe d'intérêt.

Tiens, puisqu'on en est à la famille, vous vous demandez peut-être comment quelqu'un qui est capable de déceler le changement du battement de cils de Valérie n'a pas vu arriver la fin de son propre mariage ? Et d'abord, qui vous a dit que je ne l'avais pas vu venir ? Ah, vous voyez, vous êtes moins sûrs de vous tout à coup.

Je vais être franc avec vous : cette réponse n'est qu'à moitié vraie. Comme bien des cordonniers, je me suis trouvé assez mal chaussé… J'ai beau avoir l'œil pour les détails, dès lors que ceux-ci me concernent, je deviens borgne, au minimum.

Pour être vraiment honnête avec vous, je vous avouerai que j'ai peut-être fait preuve de cet aveuglement chronique ou partiel au boulot également. C'est peut-être pour cette raison que, année après année, mes augmentations flirtent avec l'indice des prix à la consommation et que les promotions, je n'en vois que les jours de soldes dans les grands magasins…

Et maintenant, cette femme qui vient de s'immiscer dans la monotonie de ma vie. Je me demande bien quel genre de « tâches » elle envisage de me confier. J'en saurai plus ce soir, dans l'appartement 3B de cet immeuble cossu de la porte d'Auteuil. J'essaie d'apposer un métier sur cette femme comme on cherche à mettre un nom sur un visage. J'en imagine quelques-uns, mais à chaque fois, un détail cloche et vient faire s'écrouler l'édifice. Une femme d'affaires ? Pourquoi fixer rendez-vous si tard le soir ? Une mère maquerelle qui tient une agence de gigolos ? Elle m'a convaincu que ce n'était pas le cas. Une trafiquante de drogue ? C'est peut-être moi qui ai abusé de substances illicites… Tiens, tant qu'à faire dans le psychédélique, elle pourrait être galeriste et m'embaucher pour transporter de précieuses toiles ou alors, plus banal, comme gardien de nuit ?

4.

— Vous avez du potentiel. Vous en avez toujours eu, mais vous ne le savez pas encore.

Je vais vous aider à le mettre en œuvre.

Si je m'attendais à ce genre d'entrée en matière !

Du potentiel ? Comment est-ce qu'elle en savait autant à mon sujet, alors que nous ne nous étions croisés que quelques heures, durant lesquelles je n'avais presque pas parlé ?

J'étais incrédule et ça devait se voir. Elle poursuivit :

— Si un jour il ne reste qu'une personne sur terre convaincue du contraire, ce sera vous, manifestement.

Je regardai autour de moi. France Pasquier était dans son royaume, confortablement installée sur un fauteuil, derrière un imposant bureau de verre. Qu'on était loin de mon open space ! Deux mondes qui n'auraient jamais dû se croiser. Je m'interrogeai sur les raisons qui l'avaient poussée à me donner rendez-vous dans son bureau cossu. Quant à ses affirmations sur mon prétendu « potentiel », voilà bien un mot qu'on n'avait plus utilisé pour me décrire depuis… toujours. En tous cas aussi loin que je me souvienne.

Mon silence ne la dérangeait pas. Elle n'attendait ni réponse ni commentaire :

— Puisque je vous vois cogiter, laissez-moi introduire la raison de votre présence par une question : à votre avis, quelle est votre meilleure qualité ?

Je réfléchissais. En l'espace d'une question, je me retrouvai au beau milieu d'un entretien d'embauche. Depuis le temps que je végétais dans le même bureau, je n'avais plus l'habitude de ce genre d'exercice. Je finis par lâcher :

— Ma rigueur.

Elle sourit, comme si elle avait prévu une telle réponse :

— Non. Vous êtes sûrement rigoureux, mais ce n'est pas votre plus grand atout. En vérité, votre plus grande force est aussi votre plus grande faiblesse : vous êtes invisible.

— Vous trouvez que c'est une qualité, vous ? Le gars que personne ne remarque quand il entre quelque part, celui sur lequel aucune femme ne se retourne, l'invisible à qui on ne pense jamais pour une promotion, « l'intouchable », celui qu'on ne choisissait jamais quand on faisait les équipes à l'école ?

— Ça dépend pour quoi. Pour le genre de travail que je souhaite vous confier, c'est un énorme atout.

— Je sais : je suis supposé jouer à l'homme invisible. Et vous allez me dire que c'est bien payé, je parie. Avant que mes yeux ne s'écarquillent bêtement, avouez que c'est pour la caméra cachée !

— C'est en effet bien payé. Pour ce qui est de la caméra, vous pourrez la chercher longtemps, croyez-moi. Quant à l'homme invisible, c'est à peu près ça. C'est un don beaucoup plus rare que vous ne pensez. De nos jours, tout le monde cherche désespérément à se faire remarquer. Alors que chez vous, la discrétion est une seconde nature. Ne prenez pas mal ce que je vais vous dire, mais tout chez vous respire la normalité : de votre allure générale en passant par votre coupe de cheveux, à votre corpulence ou votre façon de bouger. Enfin, en ce qui concerne l'habillement, disons que votre manque d'originalité est également une qualité. Vous vous fondez dans le décor.

Bref, vous êtes exactement le genre de personne dont j'ai besoin. Disons, pour résumer, que j'ai des clients qui ont besoin d'informations qu'ils ne peuvent collecter eux-mêmes. Vous voyez ce que je veux dire, j'en suis certaine.

Elle venait de me balancer à la figure à quel point j'étais quelconque, en réussissant le tour de force d'en faire un avantage incomparable. Chapeau !

Quant à ce qu'elle m'avait dit de la « *job description* », il n'y avait qu'une option logique. Je répondis, sûr de moi :

— J'ai ma petite idée. Une sorte de détective privé ?

— Appelons ça comme ça, ce sera plus simple. Il y a toutefois des nuances que vous saisirez au fur et à mesure. Si nous poursuivons notre collaboration au-delà de ce soir.

Êtes-vous toujours intéressé ?

— Ça sera en tous cas plus passionnant que d'encaisser de l'essence sur l'autoroute toute la nuit.

— Je n'en doute pas un instant.
Bien. Entrons dans le vif du sujet.

Elle se pencha vers le casier installé sous son bureau, en sortit un dossier jaune citron qu'elle ouvrit devant elle. Elle posa devant moi la photo d'un homme. Le genre gravure de mode, cheveux mi-longs ondulés, barbe de trois jours… Son air de séducteur aurait fait se pâmer Valérie, qui en aurait bien vite oublié son Dupré, comme la plupart des femmes que je connaissais. Ce mec devait être Italien. Ses yeux étaient légèrement enfoncés dans sa boîte crânienne, ce qui donnait à son visage un air mystérieux, inquiétant juste ce qu'il fallait.

Je levai rapidement les yeux en direction de France Pasquier. Elle m'observait avec attention et lâcha :

— Cette photo a l'air de vous inspirer…

— J'étais en train de m'imaginer d'où était originaire ce bellâtre. Italie du Sud ?

Une moue admirative se dessina sur son visage. Elle ne fit aucun commentaire et enchaîna :

— Il dîne ce soir dans une brasserie bien connue, Place des Ternes. Nous devons savoir avec qui.

Nous ? Elle ne pouvait parler que de son client et elle-même. Le changement de personne était toutefois notable. Il m'impliquait un peu plus dans ce qui semblait devenir ma première enquête.

— Il faut que vous me rameniez des clichés pris de face de la personne avec qui il va dîner. J'insiste : de face.

— En gros, je dois m'asseoir à sa place et tirer le portrait de sa conquête ?

— Idéalement, oui. Mais je ne vais pas trop vous en demander pour votre première mission. Contentez-vous d'un cliché sur lequel cette personne sera parfaitement identifiable.

J'ai également besoin de connaître le déroulement de la soirée, le plus en détail possible.

— Si je comprends bien, je dois jouer les paparazzi, afin de satisfaire la curiosité de Madame bellâtre qui soupçonne son mari d'infidélité ?

— Je suis contente que vous abordiez ce sujet. Je ne vous donnerai que les informations dont vous avez besoin pour mener votre mission à bien. Le reste ne vous regarde pas et moins vous poserez de questions, mieux nous nous porterons. Est-ce que je suis assez claire ?

Difficile de faire plus limpide : elle venait de me balancer un magnifique « boucle là » en plein dans les dents !

Je hochai la tête en guise d'approbation.

Ma nouvelle patronne ouvrit un tiroir dont elle sortit une petite enveloppe qu'elle me tendit :

— Voici votre « équipement » pour la soirée : un téléphone portable et une carte de crédit. Les codes des deux sont identiques : 9696. Vous me ramènerez le tout demain matin, sept heures trente. Je vous paierai à ce moment-là : cinq cents euros.

Cinq cents euros ? Je croyais rêver ; il me fallait plus d'une semaine pour me faire ça en brut sur l'autoroute !

Mon visage s'éclaircit ; j'avais l'impression que j'étais en train de toucher le gros lot, quand bien même les contours exacts de ma mission n'étaient pas encore définis. Cinq cents euros pour prendre une photo de la poule du bellâtre : ça me semblait presque trop beau pour être vrai.

5.

La brasserie si célèbre de la place des Ternes était difficile à rater. Surtout que j'avais eu l'occasion d'en voir sa devanture à de nombreuses reprises avant de finalement trouver une place. S'il y avait une bonne fée du stationnement, elle venait de se matérialiser sous les traits d'une Parisienne bon chic bon genre qui avait détalé dans sa Mini en me coupant presque la route !

Une fois garé, je réfléchissais à la meilleure façon de m'y prendre. Dans le bureau de France Pasquier, tout avait l'air simple… Face à l'obstacle qui se rapprochait, je perdais de mon assurance. Impossible de se balader, smartphone à la main, en mitraillant ostensiblement. Après avoir estimé que cinq cents euros étaient cher payé pour un tel boulot, je reconsidérai ma position. Je n'allais finalement pas le voler cet argent. Car une chose dont j'étais sûr, c'était que je ne rentrerais pas bredouille. J'avais une chance de me sortir de ma station-service et – qui sait ? – peut-être même de mon open-space. Je ne comptais pas la laisser passer. J'avais l'impression que la rencontre impromptue de la nuit passée était ma première et dernière chance, la seule bouée de sauvetage qui m'éviterait de me noyer définitivement dans la médiocrité de ma vie. Comme pour me convaincre un peu plus de cette impression, je me dévisageai dans le rétroviseur intérieur : « maintenant ou jamais ! ».

Je marchai dans la rue en ayant l'impression d'avoir endossé le costume de quelqu'un d'autre. Je m'imaginai acteur et me visualisai en vue à la troisième personne, comme si un drone me suivait de près, derrière mon épaule. La terrasse de la brasserie était remplie. Je scrutai les tables, éliminant les groupes de trois personnes et plus, convaincu que j'étais d'être en mission « constat d'adultère ». Il fallait faire le tour des deux façades avant de pénétrer dans le restaurant. Personne ne semblait correspondre à la photo que j'avais mémorisée. Je commençai à ressentir un pincement dans ma poitrine : et si je les avais ratés ? S'ils n'étaient pas là ?

En poussant la porte, j'eus un soupir de soulagement : je venais de trouver le bellâtre, qui se dirigeait tout droit vers le bar, sans doute pour une commande spéciale destinée à sa conquête. Compte tenu de sa direction, le couple devait s'être installé dans la verrière, bien plus discrète que la terrasse. Logique. J'avançai jusqu'à croiser le tombeur. Il ne m'adressa pas le moindre regard : mon « invisibilité » fonctionnait à merveille. Le barman en revanche m'avait remarqué. D'un signe de la main je lui indiquai que je cherchais quelqu'un, tout en mimant des paroles. Un hochement de tête de sa part m'indiqua qu'il était « rassuré » : il pouvait retourner vaquer à ses occupations. Je continuais mon avancée à la recherche de mon ami imaginaire, téléphone à la main. La salle était remplie, ce qui me permettait de m'attarder un peu plus. Je trouvai finalement celle qui devait être l'heureuse élue : une grande brune aux yeux noirs, un long carré, une peau hâlée que sa robe à bretelles mettait en valeur, dévoilant des épaules rectilignes et parfaitement dessinées. Une sportive, sans aucun doute. Je m'immobilisai, feignant de recevoir un texto, ce qui me donnait un alibi parfait. Je faisais semblant de taper en me préparant à voler un cliché. Mon regard allait de cette femme à mon téléphone. J'étais situé entre elle et son bellâtre, en plein dans la ligne de mire. Finalement, son regard se détourna légèrement et, levant mon téléphone comme pour le voir de plus près, je déclenchai l'appareil. C'est à ce moment que je sentis une présence derrière moi :

— Je peux faire quelque chose pour vous ?

C'était l'un des serveurs, à qui mon manège n'avait, semble-t-il, pas échappé. Je devais garder mon sang-froid. Imaginer une réponse plausible. J'hésitais à le cataloguer comme méfiant ou simplement antipathique. J'optai pour les deux et préparai une réponse cinglante :

— J'espère bien ! Il est temps qu'enfin on se préoccupe de moi ! J'ai rendez-vous avec un ami. Il devrait déjà être ici mais je ne le vois pas.

— Comment s'appelle ce monsieur ? Je vais aller vérifier les réservations.

Je me sentais comme un menteur débutant : comment n'avais-je pas prévu ce coup-là ? Le premier nom qui me passerait par la tête ferait l'affaire. Il fallait que j'en trouve un, là, tout de suite. Je fouillai dans ma mémoire… Parmi les dossiers traités aujourd'hui, quels noms étaient les plus communs ? Je les passais en revue : Thibault, Granier, Bellaïche…

— Thibault. Patrick.

— Je vais vérifier. Puis-je vous proposer de vous installer au bar, dans l'intervalle ?

J'acquiesçai et me dirigeai vers le premier tabouret venu. Alors que je m'installais, je remarquai qu'un grand miroir était installé sur le mur. Après quelques hésitations, je resituai la table des amoureux. Elle n'était qu'à une quinzaine de mètres. Avec un peu de chance, j'en tirerai un autre cliché satisfaisant.

— Monsieur ? Il n'y a aucune réservation à ce nom, je le crains.

— Je reconnais bien là Patrick. Toujours persuadé que tout le monde va deviner ses pensées et l'attendre comme le messie. Avez-vous une table disponible dans la verrière ?

— Hélas, en cette période de l'année, venir sans réservation, c'est s'exposer à une longue attente…

— Et bien, puisque mon ami n'est pas là, je l'attendrai ici. Prévenez-moi lorsque vous aurez une table qui se libère.

Sourire pincé du serveur, très content de la réponse qu'il s'apprête à lancer :

— Je crains que les réservations ne concernent tous les services de la soirée…

— Dans ce cas, je vais l'attendre ici et nous irons manger ailleurs lorsqu'il arrivera, puisque c'est comme ça !

Me montrer aussi cassant était une nouvelle expérience. Ça m'était venu naturellement, c'en était presque jouissif. J'avais au moins réussi à éloigner le serveur et pouvais enfin me concentrer sur ma mission. Un coup d'œil à ma « cliente » : elle était toujours là et semblait passer un bon moment en compagnie du don Juan qui gesticulait, lui racontant sûrement une anecdote tellement banale qu'elle nécessitait de joindre le geste à la parole.

Je pris plusieurs clichés, jouant sur le zoom. Les résultats semblaient probants, même si la qualité des images était discutable. Après avoir commandé un Martini rouge, il était temps de tenter une dernière expérience : des photos volées, sans cadrage précis. Je me dirigeai vers les toilettes et mitraillai en gardant le bouton latéral servant au déclenchement appuyé. Par mesure de précaution, je décidai d'aller vérifier mon « butin » dans l'anonymat des toilettes. Sitôt enfermé, j'obtins confirmation que les derniers clichés étaient les meilleurs. Mission accomplie ! Il ne me restait plus qu'à vider mon verre et quitter les lieux en maugréant, pour faire bonne mesure.

6.

France Pasquier m'attendait et semblait pressée de connaître les détails de ma première « mission » :

— Alors, dites-moi tout.

Tout en posant le téléphone sur son bureau, je précisai :

— Il paraît qu'une image vaut mille mots. Je vous laisse juger par vous même.

Son index gauche balayait l'écran et sa satisfaction augmentait à chaque nouvelle image.

— C'est du bon travail. Vous n'avez pas été repéré ?

— Je ne pense pas. J'ai croisé notre homme de près, suffisamment pour vous dire de quel genre de parfum il s'asperge − une odeur musquée et poivrée dont il est convaincu qu'elle le rend irrésistible. Quant à cette femme, je ne pense pas qu'elle m'ait remarqué. Le restaurant était rempli et de nos jours, tout le monde est pendu à son téléphone, seul ou en groupe.

— Parfait. Cette femme ne nous est pas inconnue et vous risquez de la croiser à nouveau.

— Dois-je comprendre que j'ai réussi mon « entretien d'embauche » ?

Elle me gratifia d'un sourire bienveillant, tout en me tendant une enveloppe :

— Je pense que vous pouvez présenter votre démission à votre second employeur. Enfin… il reste un ou deux détails à valider. J'aimerais que vous me fassiez part de vos impressions sur la tâche que je vous ai confiée. Cela m'aidera à valider la pérennité de notre relation d'affaires.

Décidément, son vocabulaire était bien loin de mon ordinaire. Comme tout le reste, d'ailleurs. Un élément se dessinait au milieu de toutes ces nouveautés ; elle semblait chercher plus qu'un simple exécutant. Sans sa retenue et le contrôle dont elle faisait preuve, jusque dans le moindre de ses mouvements, j'aurais été convaincu qu'elle s'intéressait sincèrement à mon ressenti. Autant jouer la transparence :

— J'ai dormi comme rarement depuis des années !

Hier soir, j'étais un autre, j'avais même l'impression de sortir de mon corps, d'être à la fois acteur et spectateur de cette nouvelle expérience. Pour être tout à fait honnête avec vous, puisque c'est ce que vous souhaitez, ce changement, je ne l'espérais même plus depuis des années. Non. Ce n'est pas ça. Je m'étais résigné à me laisser porter au gré des non-événements de ma vie, dont le seul épisode marquant de ces dernières années fut ma décision de divorcer. J'ai cru que ça changerait mon quotidien et, même si ça m'a sorti d'une routine, ce fut pour me replonger dans une autre, au final encore plus inextricable, d'un point de vue financier en tous cas. Tout a changé : je devine qu'il y a autre chose. Un gâteau dans la vitrine d'une pâtisserie dont la porte est ouverte. Qui n'attend que moi. Et une furieuse envie de rentrer et le dévorer sur place !

— Voilà un sens de la métaphore que je découvre chez vous, David. Vous voyez ? Je vous l'avais bien dit. Vous avez un énorme potentiel, qui ne demande qu'à être révélé et je compte bien vous y aider. Avec d'autant plus de facilité que je m'assure au passage les services d'une bonne recrue.

— « Recrue »… Ce n'est plus un entretien d'embauche, ça ressemble de plus en plus à un enrôlement…

Sourire en coin de France Pasquier, que je peinais toutefois à imaginer dans le rôle du sergent-recruteur typique. Elle poursuivit :

— Vous méritez mieux que ce que la vie vous a donné. En fait, vous allez comprendre que votre perspective n'était pas la bonne : si vous attendez que la vie vous donne quoi que ce soit, vous n'irez que de déconvenues en désillusions. Il ne s'agit pas de recevoir mais de prendre ce qui vous revient. Entendons-nous bien, il n'est pas question d'aller braquer des banques…

— Je pense que je saisis la nuance.

— Alors, c'est parfait comme ça. Je vais récupérer les photos que vous avez prises et vous remettre ce téléphone et la carte. Vous en aurez besoin pour vos prochains mandats.

Alors qu'elle manipulait le téléphone, elle prit la peine de préciser :

— Ne démissionnez pas tout de suite de votre emploi de jour, il risque de nous être utile.

— Utile ? Je ne vois pas très bien en quoi les dossiers d'indemnisation que je traite pourraient l'être… Je suis abonné aux chiens écrasés plus qu'aux gros dossiers.

Elle se redressa et me lança, vindicative :

— Qui vous dit que nous ne traitons que des « gros dossiers » ? Vous n'avez pas idée du nombre de dossiers d'envergure qui commencent par des peccadilles. Et je vous le rappelle : la règle d'or ici, c'est de ne pas poser trop de questions.

J'avais touché une corde sensible. On était loin du discours bienveillant sur le développement personnel auquel je venais d'avoir droit. Un petit rappel de la réalité des choses, que je notai en pense-bête : tout peut changer, mais retomber du mauvais côté ne tient qu'à un fil.

Il fallait réagir. Soit en claquant la porte, soit en acquiesçant. Le sentiment que bien des choses restaient à découvrir l'emporta. Un hochement de tête suffit à calmer le jeu. En me levant, je précisai :

— J'attendrai donc vos prochaines directives, qui me seront transmises via ce téléphone, j'imagine ?

— Absolument. Soyez réactif, je déteste attendre une réponse à mes messages.

7.

La matinée s'écoulait encore plus lentement que d'habitude. Mon escapade de la veille n'était pas étrangère à cette impression de vie qui se déroulait au ralenti. Je savais désormais qu'en dehors de ces murs, je pouvais faire bien mieux que mon travail de gratte-papier. J'avais profité de mon trajet en voiture après avoir quitté le bureau de France pour appeler le gérant de la station-service et lui notifier avec un plaisir rare ma démission. Les mots de ma nouvelle patronne résonnaient en moi, entêtants : « prendre ce qui vous revient ».

Ma première « prise » était donc ma liberté « semi-retrouvée ». Quelle satisfaction j'en avais éprouvée ! Il n'était plus question de conséquences financières, ni de sécurité d'emploi. Non. Il s'agissait de commencer à devenir l'acteur de ma vie. Bon, je l'admets, démissionner d'un deuxième emploi, de nuit, n'était pas le plus grand accomplissement qui soit, mais c'était un début. Et quel début ! Rien que d'imaginer ce crétin puant à l'autre bout du fil m'avait donné un plaisir fou. Après avoir raccroché, je m'étais même pris à sourire. Bordel ! Je ne me souvenais même plus de la dernière fois où ça m'était arrivé…

Vingt-quatre heures. Il avait suffi d'une journée pour changer radicalement mon point de vue… Après des années de sommeil, je me réveillai enfin.

J'arrivai guilleret au bureau, sourire aux lèvres. Je vous rassure, j'étais toujours aussi invisible, sauf peut-être pour Valérie, dont je croisai le regard dans l'ascenseur. Elle m'adressa un sourire lumineux, qui semblait dénué d'arrière-pensée. Si je ne l'avais pas côtoyée depuis plusieurs années, j'aurais même pu me laisser séduire. D'humeur enjouée, Valérie lança la conversation :

— On va avoir une belle journée aujourd'hui, alors j'arrive tôt pour pouvoir profiter de la fin de l'après-midi à l'extérieur.

J'avais envie de lui répondre que son sport préféré devait sûrement se passer en chambre, mais je me retins, tout comme je ne mentionnai pas Dupré, l'amant caché. Je brûlai pourtant d'envie de connaître les raisons de son attirance pour lui. Après tout, je m'étais confié la mission d'enquêter à ce sujet.

Je me contentai d'un sourire dans sa direction. J'étais persuadé que cette proximité matinale n'était due qu'au seul fait que nous nous retrouvions seuls dans cet ascenseur, elle et moi. En d'autres circonstances, elle ne m'aurait même pas calculé. Et ça ne m'aurait même pas dérangé. A fortiori aujourd'hui, « le premier jour du reste de ma vie », comme disait la chanson dont je trouvais soudainement une signification bien palpable.

Le téléphone que France Pasquier m'avait confié se mit à sonner au moment où nous sortions de l'ascenseur. Bon soldat, je décrochai immédiatement :

— Bonjour David. Ce midi, j'ai besoin de vous.

— Le bellâtre a une nouvelle coquine ?

— Presque. C'est plutôt sa conquête de la veille qui nous intéresse. D'après mes informations, elle sera à proximité de votre bureau ce midi et doit récupérer une valise.

— Vous n'allez quand même pas me demander d'intercepter la valise, j'espère ?

— Vous êtes encore un peu trop vert pour ça.

Moi qui croyais faire un bon mot, je me rendis compte qu'elle était tout à fait sérieuse. J'avalai ma salive avant de poursuivre :

— J'en déduis que vous désirez des photos de son « contact » ? Pas tant de la belle brune, puisque celles-là, vous les avez déjà ?

— C'est un cliché de la transaction qu'il me faut.

— Je vois. Une photo de famille. Où doit avoir lieu cet échange, exactement ?

— Esplanade de la défense.

— Euh… Vous n'avez pas plus de détails ? Parce que c'est tout de même plutôt grand comme endroit.

— Sous l'arche.

Je n'étais guère avancé. Des collègues commençaient à arriver, rendant ma conversation potentiellement suspecte. Je terminai l'échange avec France, en prenant soin de demeurer le plus neutre possible :

— Y a-t-il une heure qui vous conviendrait en particulier ?

— Midi trente.

— Et bien j'y serai. Au plaisir.

Il était temps de rejoindre mon bureau et de plonger dans ma vie trépidante d'agent d'assurance, préposé au préexamen des réclamations.

Bien que semblant absorbé par mes tâches, je réfléchissais à une stratégie pour repérer et photographier le fameux échange. Il me faudrait détecter la brune mystérieuse. Une épingle dans une botte de foin… Ne pas me faire repérer et saisir l'instant précis de l'échange, sous le meilleur angle. Le téléphone avait beau être discret, l'opération s'annonçait délicate en pleine pause déjeuner, qui plus est par une journée radieuse où, le temps d'une pause, les manches se retroussent et les décolletés s'exhibent.

Je passai mentalement en revue l'esplanade au complet, que j'avais arpentée suffisamment pour en connaître les principaux recoins. Je finis par sélectionner une zone légèrement surélevée, qui me permettrait de surveiller les lieux.

Il ne me restait plus qu'à plonger pour de bon dans les dossiers de sinistres qui peuplaient mon bureau en attendant de débuter ma prochaine « mission ».

*

Une fois n'était pas coutume, l'heure du déjeuner serait l'occasion de profiter d'une vraie pause que mon deuxième emploi de nuit m'avait interdit jusqu'à présent. Un monde auquel je n'étais plus habitué depuis tant d'années. J'achetai machinalement un sandwich afin de me fondre plus facilement dans la foule et rejoignis le point d'observation que je m'étais fixé. Je déambulai aux abords de l'arche, à la recherche de la brune et de son mystérieux contact, dont je ne savais rien. L'identification de la veille au soir m'apparaissait, rétrospectivement, comme une promenade de santé : un endroit clos, fût-ce un vaste restaurant, permettait un repérage bien plus facile. J'examinai chaque visage qui passait sous mes yeux. J'effaçai instantanément les blondes, rousses et autres teintes plus ou moins heureuses pour me concentrer sur les brunes avec un carré long. Je n'avais vu cette femme que de façon très fugace mais son visage demeurait gravé dans ma mémoire. Je repensai à sa peau hâlée et ses épaules carrées, autant de détails qui me permettaient d'écarter celles ne remplissant pas ces critères.

Une femme me dépassa, exhalant de grandes volutes de fumée. Instantanément, je reconnus ses épaules carrées ainsi que ses bras fins et musclés. J'identifiai un mélange de tabac brun et blond. Décidément, elle ne faisait rien comme tout le monde.

Elle ne portait aucune valise. J'en déduisis qu'elle serait donc la récipiendaire.

Je ne la quittai pas des yeux. Mon cœur s'arrêta lorsqu'elle ralentit soudainement sa cadence, jusqu'à s'arrêter, quelques mètres après m'avoir dépassé. J'étais pétrifié, convaincu qu'elle m'avait reconnu, allait se retourner et me démasquer.

J'avais beau regarder autour de moi, je ne trouvais aucune cachette, pas la moindre échappatoire. Je retins mon souffle. Elle dodelina légèrement de la tête, sans jamais se retourner. J'aurais mis ma main à couper que la « fin » de ma nouvelle carrière était sur le point de se produire. Une, deux, cinq secondes. Toujours rien.

Contrairement à mes craintes, elle poursuivit sa route après avoir jeté négligemment sa cigarette.

J'attendis qu'elle soit à bonne distance avant de lui emboîter le pas, afin de m'assurer de la garder dans mon champ de vision. Elle s'arrêta au beau milieu de l'arche. Il ne me restait plus qu'à trouver un endroit d'où je ne perdrais pas une miette de l'échange. Un coup d'œil à mon téléphone : il était midi vingt-cinq. Je m'assis sur un banc, entre un homme tout aussi seul que moi et deux amies qui avaient visiblement énormément de choses à se raconter. Ces deux-là ne se souciaient pas le moins du monde de qui pourrait les entendre. La planque parfaite. Je dégainai mon téléphone, prêt à immortaliser la scène et préparant mon cadrage, en mimant la répétition d'un « selfie » qui n'étonnerait plus personne alentour. À l'heure dite, une femme, petite et blonde, vint à sa rencontre, munie d'une fine serviette en cuir bordeaux qui passa de main en main lorsqu'elles se croisèrent. J'en profitai pour prendre mon cliché et n'eut que le temps de ranger mon téléphone avant que la petite blonde passe sous mon nez sans me prêter la moindre attention.

C'en était presque trop facile. Il ne me restait plus qu'à faire parvenir la photo à France Pasquier, que j'accompagnai d'un message sibyllin : « mission accomplie ».

La réponse ne se fit pas attendre : « Ce soir – 19 h 30. Mon bureau »

8.

J'avais passé une bonne partie de l'après-midi sur un petit nuage : combien de mes collègues pouvaient se targuer d'effectuer des missions de surveillance durant leur pause déjeuner ? Je me surprenais à sourire lorsque je repensais à cet épisode. Ma transformation devenait palpable ; j'avais l'impression de me débarrasser d'une carapace, d'un vieux fardeau que je me coltinais depuis des années. Je savais aussi que mes jours étaient enfin comptés dans cet emploi que je subissais depuis tant d'années. Et tout ça n'était dû qu'à l'entrée dans ma vie de cette femme mystérieuse.

Enfin ! Je tenais ma bouée de sauvetage et je comptais bien m'y agripper plus fort encore qu'un naufragé perdu au milieu de l'océan. Je réfléchissais à mon état, pour me rendre compte, à mon grand étonnement qu'il y avait un mot pour ça : heureux. J'étais heureux ! Quelle sensation étrange. Après tant d'années à ne plus la ressentir, j'avais oublié à quoi cela ressemblait…

Je n'avais aucune idée de ce qui m'attendait mais j'avais confiance, j'étais serein. Cela devait se remarquer car je sentais un changement chez mes collègues, en particulier Valérie. Dupré semblait de plus en plus éloigné de ses préoccupations alors que moi, l'anonyme d'hier, je gravissais les échelons de son intérêt. D'invisible, je devenais donc intéressant… On pouvait en déduire que le bonheur, ça se remarquait.

Ou non, mieux encore : « le bonheur, c'est contagieux ! »

J'étais mûr pour me faire embaucher dans une boîte de pub avec cette capacité à pondre de tels slogans…

Il faudrait tout de même que je fasse attention à ne pas sourire bêtement trop souvent, au risque de perdre ma « plus grande qualité » : la transparence.

Les heures passèrent, cette fois à une vitesse inhabituelle : le rendez-vous fixé par ma mystérieuse patronne s'approchait à grands pas. Je décidai de m'y rendre sans plus tarder : je ne vous l'ai sans doute pas encore dit mais je déteste être en retard.

*

Nous étions à moins d'un mois du Quatorze Juillet mais France Pasquier n'avait pas attendu la fête nationale pour s'habiller aux couleurs du drapeau tricolore : un tailleur bleu marine rehaussé d'un parement rouge et un chemisier blanc réveillèrent ma fibre patriotique. Elle ne s'appelait pas France pour rien…

Alors que je m'installai dans l'un des fauteuils face à son bureau, elle m'interpella :

— Vous m'avez envoyé des photos très intéressantes. Je suis, en général, plutôt avare de compliments mais là, je dois bien admettre que vous avez dépassé mes attentes. Un cliché parfait. Je ne devrais sans doute pas vous complimenter comme ça, vous risquez d'attraper la grosse tête. Surtout que…

— Surtout que ?

— Vous me faites l'impression d'être déjà plus sûr de vous. Méfiez-vous. N'oubliez pas que vous êtes encore un débutant dans votre nouveau domaine.

Pan ! Vous reprendrez bien un peu de douche écossaise, me dis-je…

Je tâchai de conserver une contenance :

— Je ne me fais pas d'illusions, soyez-en sûre. Je sais très bien qu'il ne s'agissait que de tâches plutôt faciles et je ne doute pas que vous me réservez des missions plus délicates.

— Chaque chose en son temps. Mais, dites-moi, vous êtes certain de ne pas vous être fait repérer ce midi ?

Un petit moment d'hésitation avant de répondre :

— Je ne pense pas.

— Vous ne pensez pas ou vous êtes sûr ?

— Après que la grande brune m'ait dépassé, elle a marqué un temps d'arrêt mais ne s'est pas retournée. Je vous avoue que j'ai craint d'être reconnu à ce moment-là mais n'ai pas bougé. Je savais qu'un mouvement brusque me trahirait à coup sûr. Après avoir observé les alentours et compris que je n'avais aucun endroit où me planquer, j'ai pris le risque de ne pas bouger. En fait, avec le recul, je pense que c'était la posture la moins risquée.

— Hmmm, je vois. Veuillez m'excuser un instant.

Elle se leva et quitta la pièce sans dire un mot.

Passée la surprise de ce départ abrupt, j'en profitai pour détailler un peu plus la pièce. Le bureau de verre était toujours aussi impeccablement propre, impossible d'y déceler la moindre trace de poussière. Parfaitement rangé également : aucun papier n'y traînait. Quelques dossiers étaient empilés les uns sur les autres. L'essentiel de l'activité de France Pasquier devait tourner autour de son téléphone et de son ordinateur dont l'imposant écran occupait une bonne partie de l'espace. Pas de cadre, pas le moindre objet personnel en vue. Elle cultivait l'anonymat et les seuls signes permettant de la caractériser résidaient dans son apparence. Je n'eus guère le temps de m'attarder plus longtemps : la porte s'ouvrit et France pénétra dans la pièce, accompagnée. Instinctivement, je me levai et faillit retomber sur ma chaise lorsque je découvris son accompagnatrice : la mystérieuse brune !

J'entendis, pour la première fois sa voix quand elle lança à la cantonade :

— C'est bon, tu peux refermer la mâchoire, David !

Et en plus, elle connaissait mon nom ! Je regardai France, incrédule.

— Tu avais raison, Lisa, il a encore un peu de chemin à faire ! Mais je suis persuadée qu'on en fera quelque chose.

J'étais rentré d'un seul coup dans la quatrième dimension. Je voulais parler, poser des questions mais l'étonnement était encore trop grand pour que je puisse articuler la moindre phrase de façon intelligible. France et Lisa s'installèrent, la première derrière son bureau et la seconde à mes côtés. « Lisa » me dévisageait mi-goguenarde, mi-admirative. En quelques secondes, l'image que je m'étais faite de cette mystérieuse brune s'était évanouie. J'étais totalement perdu, ne sachant plus à qui j'avais affaire. D'abord en mettant un prénom sur cette fille, mais surtout en l'ayant en face de moi alors qu'hier encore, je déployais des trésors d'ingéniosité pour la photographier en toute discrétion. Avec l'air du ravi du village, je demandai à France :

— Il y a un truc que je ne parviens pas à comprendre : puisque vous la connaissez, pourquoi m'avez-vous demandé de la prendre en photo pour « l'identifier » ?

— À vous de me le dire, David…

— En dehors d'un test qui s'apparente en ce moment plus à un bizutage qu'autre chose, je ne trouve pas d'autre raison.

Lisa enchaîna :

— Tu as raison France, on en fera peut-être quelque chose, si les petits cochons ne le mangent pas !

Là, je commençai à la trouver limite désagréable, la grande bringue.
Elle devait lire dans mes pensées :

— Je sais, tu commences à me trouver irrésistible, je peux le lire dans tes yeux. Et ça tombe bien, figure-toi, parce que je t'annonce que nous sommes fiancés !

France buvait du petit lait. Je ne la connaissais pas, elle non plus, sous ce jour :

— Je vous rassure, David, c'est pour les besoins de la cause, uniquement. Il ne sera pas question pour vous de payer de votre personne…

Lisa prit la peine de préciser :

— D'autant plus que, sans vouloir te vexer, tu n'es pas vraiment mon genre. Je préfère te le dire immédiatement, histoire que tu ne commences pas à te jouer « un homme et une femme » dans ta petite tête.

Elle fronça le nez :

— Je les aime grandes, blondes et avec une forte poitrine.

Je ne pus m'empêcher de répliquer :

— Assez classique, somme toute.

— Oui, j'avoue, mais que veux-tu, c'est plus fort que moi ! J'ai failli déménager en Suède, c'est dire.

Avec une fiancée comme ça, je ne risquais pas de m'ennuyer, c'était certain. France leva légèrement la main en direction de Lisa :

— Vous aurez l'occasion de faire connaissance sous peu les tourtereaux. En attendant, ne laissons pas David dans l'ignorance. À présent que nous avons pu juger de vos capacités à vous fondre dans le décor, nous allons passer à l'étape suivante. L'homme avec qui Lisa dînait, de même que la femme qui lui a remis la mallette sont nos vraies cibles. Ce que je vous ai demandé n'était pas totalement anodin ; il s'agissait de vous familiariser avec vos nouveaux « clients ».

— Et pourquoi donc ?

— Les documents reçus aujourd'hui n'étaient qu'une entrée en matière, des informations générales. Il nous en faut plus. Vous allez devoir jouer le couple en vacances afin que Lisa puisse finaliser la transaction.

— La transaction ? Quelle transaction ?

— Souvenez-vous : vous n'avez pas besoin de tout savoir. Et Lisa vous mettra au courant sur le chemin de Monaco.

— Monaco ??

Lisa intervint :

— Ben oui, mon chéri ! Où d'autre ?

— Évidemment. Après un repas place des Ternes, des vacances dans le Larzac, ça ferait plutôt tache…

— Voilà ! Ne t'en fais pas, je te donnerai les détails dont tu auras besoin pour jouer ton rôle. Ce n'est pas compliqué, tu seras essentiellement une potiche, c'est moi qui tire les ficelles dans la manipulation.

— Ah, je vois. Potiche. Je comprends mieux pourquoi ma « transparence » était si intéressante à vos yeux, France…

— Je vous l'ai dit : vous présentez le parfait mélange entre l'invisibilité et le sens aigu de l'observation. Exactement ce dont nous aurons besoin ces prochains jours.

J'espère en tous cas que vous avez des jours de vacances à prendre. Vous partez demain midi.

9.

Des vacances… Et à Monaco en plus ! Après des années passées sans quitter Paris, voilà qui promettait du changement. Avant de quitter France et Lisa, j'avais reçu pour seule consigne de voyager léger : Lisa m'avait précisé que nous rejouerions la scène de *Pretty woman* si mes vêtements ne convenaient pas. En y réfléchissant, l'analogie n'était pas si farfelue que ça, tant ces derniers jours tenaient du conte de fées, me propulsant dans une dimension que je n'avais même pas osé rêver. À l'époque où je rêvais encore…

Je rédigeai rapidement un courriel à André, mon superviseur, présentant mon besoin de vacances comme aussi urgent qu'indispensable. Je le connaissais suffisamment pour savoir qu'il me les accorderait sans problème à moi, l'employé modèle. Il m'avait d'ailleurs poussé à plusieurs reprises à en prendre, ce que je refusais systématiquement, compte tenu de mes impératifs financiers. Je souris en pensant que je manquerais peut-être à Valérie, dont j'avais éveillé tardivement l'intérêt. Elle se trouverait rapidement un autre « parfum du mois » ou, au pire, retournerait vers le beau Dupré…

Il restait à préparer mon « léger » bagage. Ce serait vite vu. Je n'avais pas grand-chose à y mettre. La perspective de faire la tournée des magasins avec Lisa me rassurait alors que je pliais mes costumes les plus présentables, dont je savais que la coupe trahissait un achat dans les années quatre-vingt-dix. Une fois l'affaire entendue, je jetai un regard circulaire autour de cet univers si familier que je m'apprêtais à quitter. J'avais cette impression que plus rien ne serait pareil à mon retour, à supposer que je revienne.

Des vacances avec cette mystérieuse brune qui avait désormais un nom : Lisa.

Ça n'a l'air de rien, mais ça change tout de mettre un nom sur un visage, un corps, une voix. Je l'avais également découverte volontiers moqueuse sur les bords, enjouée et surtout, sûre d'elle. Dire que la veille, je l'aurais cataloguée sans trop d'hésitation dans la catégorie des maîtresses ordinaires. Sans compter son orientation, qu'elle avait tôt fait d'exhiber. Sûrement pour stopper préventivement toute velléité de ma part... La vérité, c'est qu'elle aurait bien pu se passer de la précision. D'une part, ces dernières années, j'étais devenu complètement asexué, et d'autre part, ses préférences en la matière ne suscitaient chez moi aucune réaction, convaincu que j'avais toujours été que tous les goûts étaient dans la nature. En dehors, bien sûr, des profondes déviances où le consentement de l'un des partenaires était absent, en raison de son âge ou de sa volonté.

J'étais là, dans le silence relatif de mon appartement, contemplant ces objets usuels de la vie quotidienne auxquels je faisais en quelque sorte mes adieux. Tout en pensant à Lisa, j'essayai de cerner son rôle dans l'opération à laquelle j'avais pris part sans le savoir. Elle avait établi le contact avec le bellâtre, échangé une serviette avec une petite blonde dont je savais à présent qu'elle n'entrait pas dans ses goûts, compte tenu de sa taille. Restait à savoir pourquoi ces contacts, et surtout, quel était l'intérêt de se coltiner un « fiancé » à Monaco pour poursuivre les investigations. Il avait été question de finaliser une « transaction »... J'échafaudai mille théories avant de me rendre compte qu'en l'état des informations à ma disposition, je ne dépasserais pas le stade des pures spéculations. Inutile pour l'instant de chercher midi à quatorze heures. Je m'affalai derrière les images insipides de la télévision avant de sombrer dans un profond sommeil.

*

La sonnerie du téléphone me tira de mon sommeil. J'eus à peine le temps de constater à travers mes fenêtres qu'il faisait toujours nuit avant de répondre :

— David, changement de plan, je suis en bas de chez toi, on part maintenant.

La voix pâteuse, je répondis :

— J'ai le temps de me faire un café ?

— Tu veux pas un Mars aussi ? Maintenant, c'est tout de suite ! Allez, hop, tu descends, ne fais pas attendre la dame !

Je raccrochai, sans ajouter un mot. Tout en me frottant les yeux, je me félicitai d'avoir préparé mon sac avant de me coucher et, la seconde suivante, je claquai la porte sur mon ancienne vie.

Il n'y avait pas beaucoup de passage dans ma rue à cette heure avancée de la nuit. Lisa n'avait pas pris la peine de me préciser dans quelle voiture elle m'attendait et je devinai pourquoi. Elle aurait eu du mal à se faire moins discrète : un bolide rouge m'attendait devant une entrée de garage, phares allumés. Sitôt installé dans le baquet passager, elle démarra prestement tout en me lançant :

— Tu pourras dormir sur la route, ne t'en fais pas. Un léger changement de plan fait que nous devrons être sur place en début d'après-midi.

Je regardai l'horloge de la voiture : il était deux heures trente du matin.

— Donc si je comprends bien, tu vas nous faire le Paris-Monaco en…

— Mon record c'est un peu moins de six heures, arrêts aux stands compris.

Devant mon air dubitatif, elle ajouta :

— J'ai comme l'impression que tu ne vas pas beaucoup dormir, toi !

Je commençais à me demander si nous arriverions entiers ou escortés par les forces de l'ordre qui nous auraient à coup sûr pris en chasse d'ici là, si elle tenait ses promesses en matière de vitesse. Elle n'avait pas l'air de forcer sur l'exagération, ce qui me fit craindre le pire. Je regardai la route : nous étions déjà sur le périphérique et la limitation de vitesse semblait une notion qu'elle ne parvenait pas à intégrer.

— T'en fais pas, Monsieur Atlan, nous arriverons en un seul morceau !

Joignant le geste à la parole, elle me gratifia d'un poing amicalement déposé sur mon biceps gauche, comme s'il était nécessaire d'un peu plus ponctuer sa promesse.

Le tableau de bord de la voiture était incliné en direction du poste de pilotage – le terme n'était pas usurpé dans cette voiture, une Alfa Romeo dont la faible garde au sol ajoutait à la sensation de vitesse.

Alors que je commençais seulement à intégrer de quoi seraient faites les prochaines heures, elle fit soudainement une embardée, passant de la file de gauche à l'extrême droite :

— Tu vas pouvoir respirer, il faut faire le plein.

Je n'avais pas remis les pieds dans une station-service depuis ma première rencontre avec France, trois jours auparavant. On pouvait dire ce qu'on voulait mais quelle que soit l'enseigne, elles se ressemblaient toutes. Lisa débarqua et pesta aussitôt contre l'écriteau mentionnant « pré-paiement en tout temps » :

— Non mais sérieusement, ils se foutent de la gueule du monde ! Est-ce que j'ai l'air d'une délinquante, moi ?

Dans son jean délavé et son tee-shirt bleu marine à manches longues, parfaitement ajusté, elle n'en avait certes pas l'air. Mon expérience dans le domaine me poussa, sans que j'y réfléchisse, à lui servir la réponse habituelle des clients frustrés :

— Désolé ma petite dame, c'est la politique de la maison-mère, on n'y peut rien, vous comprenez, il y a tant de gens qui partent sans payer…

— Ah ! Tu ne vas pas commencer à devenir antipathique, hein ! Je sais bien que tu dois avoir pris le pli, mais pas moi !

— C'est bon, je vais payer. Quatre-vingts euros, ça suffira ?

— Oui, ça ira. Merci.

Je me dirigeai vers la caisse, dégainant la carte de crédit fournie par France en me disant que c'était bien plus facile de payer lorsqu'on ne devait pas régler la facture à la fin du mois. J'eus une drôle d'impression en me trouvant face au caissier : moi, il n'y avait pas une semaine de cela. Je le gratifiai d'un sourire compatissant tout en sachant qu'il devait être à cent lieues d'imaginer que, moi aussi, j'avais occupé le même emploi.

En retournant vers Lisa et son bolide, je ressentis un sentiment désagréable. Une vieille Golf était stationnée à la pompe voisine, et déversait un rap assourdissant, trahissant une installation sonore à la qualité déficiente. Les trois passagers étaient à l'extérieur du véhicule et tournaient autour de l'Alfa, dévisageant Lisa. Je connaissais trop bien la musique pour ne pas imaginer autre chose que des emmerdes en perspective. Je pressai le pas, me demandant comment calmer le jeu, tout en me retournant vers la caisse. Le caissier avait disparu, ce qui n'était pas bon signe.

Lorsque j'arrivai à la hauteur de la pompe, j'entendis le plus grand des trois s'adresser à Lisa :

— Wesh, comme elle est trop cool ta caisse, madame !

Il se retourna vers ses deux compères avant de lancer :

— Dis donc, ça doit sucer un max, ça, non ?

Je sentais venir la réplique suivante, ce qui ne rata évidemment pas. Il lui demanda si elle aussi était comme sa bagnole. Lisa ne répondit par rien d'autre qu'un soupir. Avant que je ne fasse quoi que ce soit, elle me lança un regard soutenu, tout en levant son index vers moi, me signalant de ne rien dire. Elle me fit ensuite signe de prendre sa relève à la pompe. Je m'exécutai, tout en me demandant ce qu'elle avait en tête.

Elle vint se poser face au grand échalas. Sans le quitter des yeux, elle lui balança :

— Ça, tu vois, ce n'est pas une « bagnole », c'est une Alfa 4C. Tu peux appeler ça comme tu veux, mais certainement pas une bagnole.

Du sang-froid, on pouvait dire qu'elle en avait à revendre ! Elle ne relevait même pas l'allusion graveleuse du crétin, mort de rire, comme ses deux acolytes. L'instant d'après, elle balança son genou dans l'entrejambe du bonhomme et, avant même qu'il n'ait pu se tordre de douleur, attrapa à deux mains son cou tout en relevant son autre genou qui vint heurter dans un craquement bien audible, le nez du bonhomme ! Elle relâcha son étreinte en le repoussant contre la vieille Golf. Tout cela n'avait duré que quelques secondes mais démontrait une précision sans faille. Je n'étais plus du tout inquiet, ni pour Lisa, ni pour moi. En revanche, je commençais à me faire du souci pour les deux autres, qui n'avaient pas encore saisi à qui ils avaient affaire. L'un des deux beugla en se précipitant sur Lisa :

— Salope ! Je vais t'apprendre la vie, je vais te cabosser comme personne !

Elle l'évita au dernier moment, tout en se saisissant de son bras, tendu vers elle. Ce mouvement la contraignit à effectuer un demi-tour et, dans un mouvement digne d'un pas de danse, je la vis tourner en même temps que lui. Cette fois-ci, ce ne fut pas son nez qui craqua mais son bras, déclenchant un hurlement de douleur. La vision de l'avant-bras pendouillant ne laissait planer aucun doute sur la cassure. J'espérais pour lui qu'il soit gaucher car il ne pourrait sans doute pas se servir avant longtemps du droit.

Il n'en restait plus qu'un, qui semblait aussi long à comprendre que les deux autres. J'entendis le déclic d'un cran d'arrêt, presque en même temps que celui du trop-plein de la pompe.

Lisa secoua lentement la tête, de gauche à droite :

— Ta mère ne t'a pas appris que tu pourrais te blesser avec un couteau ?

— Ta gueule, bouffonne, j'vais t'planter !

S'adressant à moi, Lisa ajouta :

— T'as vu ça, David ? On a droit à un intellectuel.

Il tournait autour de Lisa, avançant par mouvements répétés et brefs la lame dans sa direction.

— Ah, je vois. Monsieur a trop regardé les clips de Michael Jackson. Il se croit dans *Beat it*…

La remarque aiguillonna l'agresseur qui, cette fois-ci, se fit plus téméraire. Il se déplaça pour porter un coup de couteau dans le ventre de Lisa. En une fraction de seconde, elle se déplaça latéralement et coinça le bras armé entre ses deux poignets. L'instant d'après sa main droite se saisit du poignet de son adversaire, pendant que sa main gauche le désarmait. Elle récupéra la lame qu'elle planta dans la cuisse de « l'intellectuel » avant de lui asséner, pour achever le travail, un coup de coude au visage.

Les trois fier-à-bras n'en menaient plus vraiment large, affalés les uns sur les autres, au rythme sourd et violent d'un rap en décalage avec leurs capacités offensives. Lisa s'avança vers eux et balança un ultime coup de pied à celui qui avait ouvert le bal, ponctuant la frappe :

— Si tu veux tout savoir, l'Italienne est économique à la pompe. Quant à moi, je suis pas dans tes prix, trou duc' !

Je ne parvins pas à retenir un sifflement d'admiration à l'endroit de Lisa. J'ajoutai :

— Tu es la fille cachée de Bruce Lee, pour maîtriser ainsi les arts martiaux ?

— Krav maga. Parce que ça me convient bien. Pas de règles quand il s'agit de mettre hors d'état de nuire un agresseur : le plus vite possible, le plus efficacement possible et par tous les moyens.

10.

— Tu sais que tu peux dormir tranquille, n'est-ce pas ?

— Ah, ça, c'est sûr ! Après t'avoir vue dégommer en une minute chrono trois loubards sans te casser un ongle et à… voyons, cent quatre-vingts de moyenne, je me demande comment ça se fait que je ne dorme pas encore !

— Si je m'étais cassé un ongle, crois-moi qu'ils seraient restés infirmes pour le compte ! Tu n'as pas idée du travail que c'est de garder des ongles parfaits.

— Je vais passer mon tour sur le cours de manucure, si tu veux bien. En revanche, je suis curieux de savoir où tu as appris à te battre comme ça.

— Chaque chose en son temps, Atlan. Disons, pour satisfaire ta curiosité, que j'ai dû composer très tôt avec l'agressivité et la connerie ambiante…

— Bienvenue dans mon monde. Cela dit, ça ne m'a pas transformé en machine à tuer.

— Tu n'as sans doute pas été assez exposé. Ou bien…

— Ou bien ?

— Chacun ses réactions, tout simplement. Et puis, vu ton allure générale, ce ne sont pas les activités sportives qui doivent t'étouffer. Tu es un cérébral, ça se voit immédiatement. Je l'ai vu dès que tu es entré dans ce restaurant, place des Ternes.

— Je vois. France t'avait prévenue, ça faisait partie du test…

— Pas du tout. Je n'étais pas au courant de ta mission. Elle aime bien cloisonner les affaires. Nous n'avons discuté de toi qu'après ta première mission. Je t'ai fait un petit appel du pied le lendemain, histoire de tester tes réactions. J'aurais donné cher pour voir ta bobine quand je me suis arrêtée net. Tu devais être totalement liquéfié, ahaha !

— J'avoue que j'ai stressé. J'aurais vraiment paniqué si j'avais su à ce moment-là ce dont tu étais capable…
Bon, et l'idée de nous « fiancer », elle est de toi ?

— Ça, c'est France. Je soupçonne qu'elle avait cette idée derrière la tête dès qu'elle t'a confié ta première mission. Nous savions que les choses devaient bouger sous peu dans notre affaire. Et, même si tu n'es pas Chuck Norris – ça, c'est ma partie – tu disposes néanmoins d'atouts intéressants. Sans parler de ton sens de l'observation et de la déduction. Par ailleurs, tu t'es adapté très vite quand il le fallait.

— Si j'avais su plus tôt que j'avais tous ces talents, je m'en serai servi il y a longtemps !

— Tu n'étais sans doute pas encore prêt à faire ton « *coming-out* » mais mon petit doigt me dit qu'à présent que la machine est lancée, tu vas être dur à arrêter !

Si tu es un bon garçon, je t'apprendrai même deux ou trois trucs pour dézinguer les emmerdeurs en moins de deux.

— Madame est trop bonne !

Dis-moi, si tu me parlais plutôt de la mission ? Enfin, sous réserve de « ce que je peux connaître »…

— Nos clients sont des Italiens : Giovanni Casaviecchi et Simona Ferrazini.

Je souris en me remémorant que l'origine du « bellâtre » fut l'une des premières remarques faites à France, avant de poursuivre :

— Ah, c'est sûr qu'avec des noms pareils, ce ne sont pas des Bretons…

— Dixit David Atlan. Toi non plus, tu ne sonnes pas très breton, hein, je dis ça, je dis rien…

— Est-ce que tu m'as vu jouer du biniou ou boire du chouchen ?

— D'après moi, tu es plutôt du genre dafina[1] et youyous…

Ce seul mot me replongeait dans mon enfance, avant le décès de ma mère. Elle préparait la « daf' » comme elle disait, qu'elle faisait mijoter dès le vendredi soir, avant la

---

[1] Plat traditionnel de la cuisine juive du Maghreb, qui se consomme traditionnellement lors du second repas du shabbat.

tombée de la nuit et qui finissait par dégager cette odeur si particulière des ingrédients caramélisés. Je souris en pensant que la dafina, c'était ma madeleine de Proust… Bon sang ne saurait mentir, après tout. Hélas, tout cela fut balayé du jour au lendemain après son décès. Je ressentis la vieille blessure qui se rouvrait à la simple évocation d'une odeur. Je fis une moue que Lisa nota :

— Mauvais souvenirs ?

— Oui et non. Parle-moi donc de Giovanni et Simona. Ils font quoi dans la vie, ces deux oiseaux ?

— Ils bossent pour une compagnie multinationale qui a des intérêts partout en Europe, ainsi qu'aux États-Unis. J'ai approché l'homme en me prétendant faire partie d'un groupe concurrent qui cherche à obtenir des informations confidentielles sur les activités de son groupe. Tout cela grâce à une information anodine : Casaviecchi est un flambeur. Il profite de chacun de ses déplacements pour aller perdre sa chemise au casino. Il a donc besoin d'argent, tout le temps. Sans parler de sa moitié, Simona, la petite blonde. Elle a des goûts de luxe, et Louboutin ne fait pas de rabais pour les petites pointures…

— Espionnage industriel. Je vois. Ces deux-là vendent donc les secrets de leur compagnie. Ce que je ne comprends pas, c'est la raison pour laquelle il faut se rendre à Monaco pour les obtenir, puisque tu as déjà commencé à obtenir des infos à Paris. De même, je ne saisis pas le rôle que j'ai à jouer même si le doux qualificatif de « potiche » a été employé. Franchement, tu n'as pas l'air d'avoir besoin de moi.

— Ton rôle est simple : tu travailles avec moi et surtout, tu as accès aux informations financières de la compagnie qui nous emploie. De là à laisser croire que notre relation est intéressée en ce qui me concerne, il n'y a qu'un pas, que nous allons aider les Italiens à franchir. En bref, je te mène par le bout du nez, ce qui explique le qualificatif de potiche…

— L'idiot utile, quoi.

— Exa-cte-ment ! J'échange avec eux des informations : ils m'en donnent moyennant espèces sonnantes et trébuchantes mais je dois en même temps les convaincre que je suis capable de leur fournir des données privilégiées et intéressantes concernant notre employeur.

— Tu joues donc double jeu : d'un côté tu leur achètes de l'information pour le compte de ta, pardon notre, compagnie, et d'un autre, tu leur en promets également, ce qui leur permettra sûrement de se négocier un petit bonus auprès de leur employeur… Ils profitent de toi, non seulement pour leur compte personnel en te vendant des secrets, mais également pour leur carrière en ramenant des informations que tu leur donnes. Tu les mets en confiance en les leur fournissant. Ainsi ils pensent pouvoir te tenir. Alors qu'en fait, c'est toi qui les tiens. Le plus beau, c'est que cette double casquette leur donne même un alibi pour te rencontrer, avec la bénédiction de leur employeur, ce qui facilite leurs manigances personnelles. Génial !

— Merci ! J'avoue que l'idée de leur fournir à notre tour des informations est de moi, justement pour faciliter les échanges et leur donner un levier sur moi. Il ne manquait plus dans le tableau que le fiancé en carton, à qui j'extorque les informations confidentielles sur l'oreiller. Et te voilà !

— Je n'ai jamais été aussi flatté de jouer l'idiot.

— Tu es suffisamment intelligent pour faire ça très bien. Je me demande d'ailleurs si c'était une bonne idée de jouer cartes sur table avec toi dès le départ, en t'indiquant mon genre de femme.
L'idée que tu cherches sincèrement à me séduire aurait ajouté à l'authenticité de ton personnage…

— J'aime autant que tu ne m'aies pas menti là-dessus. Et qui te dit que je ne vais pas me sentir investi de la mission divine de te ramener « dans le droit chemin » ?

Lisa éclata de rire :

— Je vois que je ne suis pas au bout de mes surprises avec toi !
Le droit chemin ? Tu es du genre à n'emprunter que les chemins de traverse !
Si ça peut te consoler, je serai ton parfait ailier et rabatteur : je te débusquerai les proies qui se pâmeront discrètement pour toi. Je suis très douée pour ça. Tant que tu me laisses leurs copines, on devrait bien s'entendre !

— Tu es machiavélique, tu le sais, n'est-ce pas ?

Lisa se contenta d'un rictus dénotant sa satisfaction. Nous arrivions à une portion d'autoroute plutôt sinueuse, qui demandait sa concentration. J'en profitai pour récapituler le plan et surtout le rôle que j'aurais à jouer. Me mettre dans la peau d'un homme de chiffres ne serait pas trop difficile. Mon entrainement dans l'examen bête et discipliné des dossiers d'indemnisation s'avérait enfin utile. Quant à jouer le fiancé énamouré, je n'aurais pas à trop me forcer : Lisa suscitait déjà mon admiration, tant par son machiavélisme que par sa maîtrise du combat rapproché. Pour ne rien gâcher, me promener au bras d'une aussi jolie fille ne serait pas non plus désagréable. Nous traversions la France à des vitesses largement prohibées, en route vers un inconnu diablement excitant. Je finis par lui demander ce qui nécessitait notre présence à Monaco en avance sur l'horaire initialement prévu. Sa réponse était conforme à ce que je connaissais déjà d'elle :

— Je préfère conduire de nuit et surtout, surtout, nous devons arriver avant la fermeture des magasins pour te relooker, monsieur Atlan !

11.

Monaco. J'avais beau avoir vu la Principauté à la télévision, l'idée que je m'en faisais était loin de la réalité : il était tout petit ce rocher ! Nous passâmes le long du port, avant de remonter vers le casino et l'hôtel de Paris, notre destination. À voir comment Lisa s'orientait, elle était en terrain connu, cela ne faisait aucun doute. De mon côté, je découvrais les lieux et faisais des efforts pour paraître indifférent. Entre les yachts immenses, les policiers reconnaissables de loin et les marquages au sol rouge et blanc, souvenir du grand prix dont nous foulions une partie du tracé, il y avait pourtant de quoi s'émerveiller.

— Pas la peine de te la jouer blasé avec moi, même si ça te fait un bon entraînement pour les Italiens. Allez, va, profites-en !

— Tu es presque maternelle avec moi, tu le sais ? Toi aussi, profites-en. Lorsque nous serons face à nos amis, il faudra que tu sois un peu plus… torride, n'est-ce pas ?

— Ne t'en fais pas, quand il s'agit d'être torride, je suis capable de mettre le feu à un iceberg.

— Bon et bien me voilà prévenu !

— Ah mais il faudrait savoir ! Tiens d'ailleurs, comment est-ce que tu veux que je t'appelle ? Mon petit chat, mon lapin, mon roudoudou ?

— On va s'en tenir à mon chéri, si tu veux bien. Mon roudoudou, c'était plutôt mon oncle qui m'appelait comme ça. Quant aux noms d'animaux, franchement…

— Je sais ! Je vais t'appeler *Caro* !

— Va pour *Caro* !

Sur ce nouveau sobriquet, nous arrivâmes en vue de la place de l'hôtel de Paris. Lisa s'extirpa de l'Alfa et confia les clés au voiturier :

— *Ciao Alberto ! Attenzione alle auto ! Mi piace questa macchina !*[2]

Le sourire entendu d'Alberto en disait long sur les habitudes de ma fiancée. Lisa me prit la main et m'entraîna à travers la place, en direction d'un grand immeuble :

— Allez, on va t'habiller de pied en cap aux galeries du Métropole. Tu vas ressortir de là comme une gravure de mode !

Je me laissai emporter par son enthousiasme communicatif. C'était Noël, et la mère Noël faisait feu de tout bois pour me relooker. Elle avait décidé que j'étais taillé pour porter des vestes Hugo Boss, *« parce que tu comprends, Armani ça t'irait très bien aussi, mais ça aurait l'air louche. Pas encore dans tes prix, même avec ta couverture »*

---

[2] Bonjour Alberto ! Attention à la voiture, elle me plait, celle-là !

Je mourrais d'envie de lui dire que compte tenu de mes moyens actuels, c'était déjà inespéré mais elle le savait déjà. Je jouais le jeu, avec un plaisir grandissant. On a beau dire que l'habit ne fait pas le moine, laissez-moi vous dire qu'avec ce complet anthracite et les chemises qu'elle avait choisies, je me trouvais plutôt pas mal du tout !

Tout y passa, des complets aux caleçons, sans oublier les maillots de bain. J'étais équipé de pied en cap. Lisa considéra tous les sacs avant d'ajouter :

— Avant que nous partions, il te faut une tocante. Voyons voir, tu ne dois pas être trop voyant mais suffisamment pour attirer l'œil. Je sais ! Une Tank française fera parfaitement l'affaire.

Sitôt dit, sitôt fait. Comme quoi, une bonne carte de crédit facilitait la vie et pas qu'un peu !

J'étais totalement relooké, fin prêt à me rendre « dignement » l'hôtel de Paris, que je découvris quelques minutes plus tard. Le hall était somptueux : une coupole à laquelle un immense lustre pendait. Le blanc prédominait, rehaussé par des éclairages placés sur les colonnes et les moulures, mis en valeur par un immense tapis, magnifique. Les escaliers et leurs balustrades noires achevaient de planter le décor et de conférer au lieu cette magie qui mettait le visiteur dans la peau du Gatsby d'un jour. Lisa jouait son rôle de fiancée modèle à merveille, lâchant ma main pour m'enlacer, rayonnante. Lorsque la porte de notre chambre se referma, elle ne se départit pas de son sourire et me demanda :

— Alors, elle te plaît ta nouvelle vie, *caro* ? Avec vue sur la Méditerranée, bien entendu.

— Il faudrait être vraiment difficile pour ne pas apprécier !

— Nous dînons avec Giovanni et Simona ce soir. En attendant, je vais me plonger dans un bain.

En toute nonchalance, elle retira son tee-shirt et je la découvris en soutien-gorge noir orné de dentelles, qu'elle eut tôt fait de retirer et de laisser négligemment tomber à terre, tout en regardant par-dessus son épaule, en ma direction.

— Nous sommes fiancés, alors je ne fais pas de manières…

— Ben voyons. Je commence à comprendre l'histoire du feu et de l'iceberg…

— Tss tss tss, pas touche la mouche !

— Réflexion faite, ce n'est pas comme fiancés que tu aurais dû nous présenter, mais comme un vieux couple marié depuis vingt ans…

— Je te prends en flagrant délit de désillusion, toi !

— Au contraire ! Avec le spectacle que j'ai sous les yeux, je vais finir par croire aux miracles !

— Ah ben tu vois, tu as retrouvé le chemin de l'espoir. Et tout ça grâce à moi.

— Une chute de reins et des épaules aussi parfaites, qui pourrait résister à ça ?

— Je sais, elles disent toutes ça.

Sur ces mots, Lisa se dirigea vers la salle de bains dont elle referma délicatement la porte, me laissant pensif, face à tous les défis qui m'attendaient.

12.

Lisa était ressortie de la salle de bains prête à affronter la soirée. Elle avait enfilé une robe bleu nuit à larges bretelles et munie d'un décolleté ras de cou, qui semblait avoir été dessinée pour elle. Je ne pouvais m'empêcher de penser à deux choses : la première était qu'elle ne devait pas avoir le moindre souci à s'habiller et la seconde était que, même avec une robe totalement sobre, elle n'en demeurait pas moins absolument séduisante. Je m'éclipsai à mon tour pour goûter aux bienfaits d'une douche avant d'aller dîner, pendant que Lisa se dirigeait vers le balcon, son paquet de cigarettes à la main.

Alors que l'eau tiède me revigorait — un vrai bain de jouvence — je pensai aux détails de mon « rôle ». Lisa n'avait guère été prolixe à ce sujet et l'optimisme des dernières heures fit place à une appréhension de plus en plus prégnante. J'écourtai ma douche et me séchai en vitesse avant de rejoindre Lisa sur le balcon :

— Dis-moi, j'y pensais sous la douche, je vais avoir besoin de plus de détails sur mon rôle exact, même si je sais que je travaille avec des chiffres… J'ai peur de ne pas aller bien loin si je dois broder sur le sujet.

Tout en exhalant la dernière bouffée de la cigarette qu'elle éteignait, Lisa se fendit d'un sourire :

— On t'a déjà dit que tu pensais à de drôles de choses sous la douche ? Cela dit, j'ai cru que tu ne demanderais jamais et que tu comptais improviser ! Non pas que je ne t'en croie pas capable. Je te rassure, je comptais bien te distiller les éléments indispensables sur le chemin du restaurant. Je ne te dirai pas tout non plus, il va falloir que tu ajoutes ta touche personnelle pour rendre le tout parfaitement crédible. Nous en aurons pour une quinzaine de minutes à pied, largement plus qu'il ne m'en faudra pour te mettre au parfum.

À moitié rassuré, je m'habillai en un clin d'œil. Quelques instants plus tard, nous arpentions une rue en arc de cercle, bordée d'enseignes de luxe qui s'apprêtaient à fermer. Lisa entama les hostilités dans un style quasi télégraphique :

— Nous travaillons pour la division immobilière du groupe ABBH. Oui, celui auquel tu penses. Tu es contrôleur de gestion senior, en charge des projets étrangers au Moyen-Orient. Moi, je supervise les projets et leur bonne exécution. Couverture idéale pour allécher nos oiseaux.

Dois-je te rappeler ce que fait un contrôleur de gestion ?

— Si je me fie à mon expérience, c'est celui qui m'explique comment me passer des choses qui ne sont pas au budget !

Plus sérieusement, je vérifie si l'entreprise est ou non dans ses prévisions budgétaires, en mesurant une quantité de données, qui vont des chiffres aux heures travaillées.

— C'est à peu près ça, dans les grandes lignes en tous cas.

Avant qu'elle ne poursuive, je l'interrompis :

— La question est peut-être superflue mais, sont-ils au courant chez ABBH que nous nous faisons passer pour des membres de leur personnel ?

Je sentis le couperet du sarcasme prêt à s'abattre sur moi. Lisa n'en fit cependant rien et se contenta de rétorquer :

— À ton avis ?

— Une interrogation aussi… affirmative ne laisse que peu de place au doute. OK. Question suivante : ils font quoi, nos cocos ?

— Ils travaillent tous les deux dans une multinationale dont le siège est ici, à Monaco : Asturi holding. Simona s'occupe des relations publiques. Quant à Giovanni, c'est un BDM, un *Business Development Manager*. En bref : un vendeur. Il pourrait vendre des voitures d'occasion ou des machines à laver, ce serait presque pareil.

— Je vois. Le contrôleur de gestion qui vient de naître en moi s'offusque déjà de leurs notes de frais faramineuses. Forcément.

— Voilà, tu as saisi l'essence de leurs boulots. L'avantage, c'est qu'ils interviennent à des moments critiques : avant la signature des contrats pour Giovanni et en situation de crise ou lors d'annonces officielles pour Simona.

Alors que nous achevions notre périple dans les rues de Monaco en longeant le port, Lisa m'expliqua qu'elle avait préféré une réservation dans une brasserie passe-partout plutôt qu'au Louis XIV, dont « l'atmosphère et la carte seraient un peu trop guindées pour nos clients à qui il fallait éviter de donner l'impression d'en faire trop ». Je n'allais pas la contredire : de toute façon, quel que soit le choix du restaurant retenu, j'étais émerveillé et dépaysé. Je vivais un rêve éveillé qui me faisait presque oublier que j'étais ici pour une raison précise, même si je n'en saisissais pas encore tous les contours. Lisa passa sa main sur mon épaule et me sourit :

— Ça va bien se passer. Essaie d'avoir l'air un poil plus blasé mais pour le reste, ne change rien.

Je la sentais sincère, transparente, tout en sachant qu'elle avait certainement bien des secrets et des atouts cachés en réserve. Elle était parfaitement à l'aise dans son rôle et semblait même s'y amuser. De mon côté, en dehors de ma chemise un peu trop amidonnée à mon goût, je devais bien avouer que mon costume était comme une seconde peau. Nous étions proches de l'entrée. Lisa en profita pour ajouter :

— N'oublie pas, tu n'es pas au courant que je leur vends les secrets que j'obtiens de toi. Officiellement, tu n'es pas mon complice : je me sers de toi à ton insu.

— Je n'avais pas oublié.

Au moment de passer la porte de la brasserie, Lisa chuchota à mon oreille :

— Ne t'en fais pas, c'est moi qui vais mener la conversation.

Je n'étais qu'à moitié rassuré mais lui emboitai le pas comme un seul homme. Dès qu'elle aperçut nos invités, Lisa leur adressa un salut de la main qui nous dispensa d'indiquer au maître d'hôtel les détails de notre réservation. Un sourire de Lisa, qu'il reçut de bonne grâce, fit office de compensation pour celui-ci.

Giovanni et Simona se levèrent pour nous saluer avec enthousiasme. Ils respiraient l'exubérance et, passé le moment des compliments entre Lisa et Simona qui se tenaient par les avant-bras pour se congratuler, nous pûmes nous asseoir. J'observai nos vis-à-vis : ils partageaient une bonne humeur latine typique et semblaient traverser la vie avec une belle désinvolture. Mon regard se faisait volontairement fuyant, ce qui ne m'empêcha pas de saisir que Simona « surveillait » son bellâtre à intervalles réguliers, avec d'imperceptibles coups d'œil. Elle n'avait donc qu'une confiance très modérée en lui, telle fut ma conclusion, avant même que nous ayons commandé le moindre apéritif. J'eus, rétrospectivement, un frisson en me souvenant que j'avais croisé ces deux énergumènes quelques heures auparavant. Aucun d'eux n'y avait prêté attention, ce que j'avais remarqué lorsque Lisa m'avait présenté à eux. Elle m'avait facilité la vie, tant elle rayonnait et partageait avec nos Italiens leur bagout. J'écoutai de bonne grâce et participai aux conversations d'une banalité affligeante sur la Principauté. Giovanni mentionnait les nouveaux projets immobiliers qui dénaturaient le paysage, pendant que Simona commentait l'ouverture de nouvelles boutiques. C'en était presque caricatural. Le bellâtre finit par s'intéresser à moi :

— Et vous alors, David ? Lisa m'a dit que vous étiez un homme de chiffres ? Ça doit être fantastique de manier ainsi des millions à longueur de journée ?

Voilà qui me donnait l'occasion d'inaugurer mon rôle :

— Oh, Giovanni, en ce qui me concerne, ce ne sont que des chiffres les uns en dessous des autres et qu'un projet coûte cent mille euros ou cent millions, il n'y a que quelques zéros de différence dans mon tableur…
Les choses seraient sans doute différentes si je comptais moi-même les billets à l'aide de machines où l'on enfourne les liasses, mais comme nous ne sommes pas sur le marché de la cocaïne, je vous avoue que je n'en ai guère l'occasion !

L'Italien s'esclaffa, ponctuant son hilarité d'une tape sur sa cuisse. Ses yeux se mirent à briller :

— Ce serait mon genre de journée idéale, enfin si les liasses finissaient dans ma poche !

— Je pense qu'on en a tous rêvé, Giovanni ! Cela dit, j'ai cru comprendre que vous aussi, vous travailliez dans une holding qui brasse de grosses affaires, je me demande même si nos employeurs ne sont pas en concurrence sur certains marchés, comme la tour numéro sept de Dubaï…

J'avais lancé ça au hasard, me souvenant d'un entrefilet récemment publié dans la presse concernant cet appel d'offres. Sans avoir plus d'informations précises, je réalisai en achevant ma phrase que j'avais risqué en quelques secondes de me griller. Je mourrai d'envie de chercher une quelconque approbation dans le regard de Lisa mais la chose m'était impossible, c'eut été montrer un signe d'hésitation. Avec Giovanni qui me fixait, ç'aurait été le dernier clou de mon cercueil. Il était silencieux, ce qui n'augurait de rien de bon. Je ponctuai ma phrase d'un sourire compréhensif. De quoi, je ne le savais pas. Il me sembla sur le coup que c'était la seule chose à faire. Bien m'en prit. Il rompit son silence et me lança sur un ton conspirateur :

— On ne va pas parler boutique ce soir ! Tout ce que je vous en dirai c'est que rien n'est encore joué à Dubaï…

Je pouvais à présent me tourner vers Lisa : j'avais réussi mon épreuve du feu !

Elle me tapota la cuisse en guise de félicitations, avant de la pincer quelques secondes. Le message était clair : « bien joué mais ne va pas plus loin dans cette voie ».

La précision était inutile. J'ajoutai :

— Vous avez raison, surtout qu'en ce qui concerne les boutiques, il y a largement de quoi faire à Monaco !

La conversation s'orienta ainsi vers des terrains moins glissants et j'en profitai pour déguster mon carré d'agneau de Sisteron en croûte d'herbes qui me changeait de mon habituel Kebab, à deux pas de mon appartement du XIXe… J'avais changé de registre et je ne m'en plaignais pas.

J'obtins confirmation que Simona était une accro invétérée du shopping. Au fil des discussions, je peaufinai mon personnage. Je m'inventai une sœur qui partageait l'amour immodéré de Simona pour les escarpins à semelle rouge ou confiai qu'en matière de voitures, j'avais une confiance absolue dans les choix de Lisa, qui adorait conduire autant que je détestais l'exercice. Je tâchai de trouver un équilibre entre la « potiche » discrète et un homme intéressant, capable de se répandre sur de multiples sujets, y compris les plus triviaux. Jusqu'ici, les choses avaient l'air de fonctionner correctement. Je sentais que j'étais évalué, presque disséqué par Giovanni qui parlait beaucoup moins depuis que j'avais mentionné cette fameuse tour sept de Dubaï. J'avais au moins éveillé son intérêt. Mon petit doigt me disait que j'avais touché en plein dans le mille. J'aurais parié ma chemise toute neuve qu'elle serait au centre de l'opération et que j'en entendrais encore parler.

Lisa suscitait toujours mon admiration : elle se fondait à merveille dans ce décor, jouait son rôle à la perfection. Je l'avais déjà vue à l'œuvre avec Giovanni, dans ce restaurant parisien. Elle réussissait le tour de force de continuer à charmer l'Italien, sous les yeux de sa compagne, qui ne pouvait rien trouver à redire sur son comportement, tant elle restait « dans les clous », se montrant intéressée juste ce qu'il fallait, ne commettant aucun impair sur lequel Simona risquerait de sauter. Celle-ci était du reste souvent mise à contribution dans la conversation, prise à témoin. Lisa créait ainsi une connivence entre les deux femmes. Elle travaillait à séduire les deux et j'en observai le résultat en direct. Au fur et à mesure que le repas avançait, Simona se montrait de moins en moins méfiante. J'étais de toute évidence le seul à lire clairement dans le jeu de Lisa puisque je connaissais le dessous des cartes. Une chose était sûre : quand bien même Lisa était supposée se charger de la transaction, je savais qu'il me faudrait encore peaufiner mon rôle et surtout mon *background* pour demeurer crédible.

13.

Lisa refusa poliment l'offre de Giovanni de nous raccompagner à l'hôtel pour y boire un dernier verre. Un clin d'œil suffisamment évocateur à l'attention du bellâtre lui avait fait comprendre qu'elle comptait « travailler sur son dossier », moi en l'occurrence. Fidèle à mon personnage, je n'y voyais évidemment que du feu. Nous sortîmes du restaurant, bras dessus bras dessous. Lisa se fit aguicheuse, ce qui ne me laissait pas de glace, je devais bien l'avouer. Nous marchions, collés l'un à l'autre et je sentis le frémissement de sa robe contre moi, alors que je luttai pour ne pas serrer avec trop d'insistance son épaule. J'étais partagé entre m'abandonner à mon nouveau personnage, ses réactions prévisibles et la distance « respectable » à tenir. Il y avait des limites à jouer la comédie !

Je savais Lisa bien trop subtile pour ne pas se rendre compte de mon dilemme cornélien, proche de la grande scène du II dans ma tête. Dès que nous fûmes sur le trottoir d'en face, à bonne distance de nos amis, elle jeta un bref coup d'œil en arrière avant de se retourner vers moi et… de commencer à m'embrasser intensément !

Ma gêne était à son comble, mêlée à un plaisir bien réel : ses lèvres douces posées sur les miennes, sa poitrine appuyée contre mon torse. Moi qui avais pour ainsi dire fait une croix sur ce genre de proximité, voilà que ce feu au ventre que je n'avais plus ressenti depuis des années venait frapper à ma porte et pas qu'un peu !

J'eus à cet instant la réponse à l'une de mes interrogations récurrentes devant les scènes d'amour au cinéma : ça ne laissait pas les acteurs de marbre ! Je me rassurai ainsi : j'étais un acteur, sans doute un peu schizophrène à cet instant... Je décidai de me dévouer corps et âme à mon rôle. Je me fis entreprenant, caressant le dos de Lisa, jusqu'à poser mes mains sur ses reins et ouvrir mes lèvres pour lui offrir un baiser, vrai et passionné. Je n'entendais plus que de façon assourdie les voitures qui passaient derrière nous mais sentais en revanche la légère brise et l'air qui commençait à se rafraîchir, au fur et à mesure que la soirée avançait. Je ne réfléchissais plus à rien, concentré sur l'instant présent. Dire que je jouais l'acteur eût été un gros mensonge. En vérité, passée la surprise, je profitai pleinement de ce moment, que je recevais comme un cadeau inespéré. J'aurais voulu que ce baiser ne s'arrête jamais, ça, j'en étais sûr. Les meilleures choses ayant malheureusement une fin, Lisa relâcha délicatement la pression qu'elle exerçait contre moi. Elle me regardait, droit dans les yeux, sans dire un mot, avant de relever ses pommettes déjà saillantes au naturel. Impossible de voir autre chose que la beauté de ses traits, de ce visage, que je mourais d'envie de caresser, cette bouche que je rêvais d'embrasser à nouveau.

Je restai perplexe et quasi en manque. Elle avait beau dire qu'elle préférait les filles, je l'avais trouvée sacrément convaincante ! J'aurais bien le temps de me poser toutes les questions du monde, à son sujet ou au mien, dans quelques minutes...

Sans un mot, nous commençâmes à marcher en direction de l'hôtel. Lisa rompit le silence :

— Avec une telle fougue, nos amis ne douteront plus de l'emprise que je peux avoir sur toi. Tu ne l'as pas vu car tu leur tournais le dos, mais ils n'en ont pas perdu une miette ; j'ai même eu droit à des signes d'encouragement de Giovanni !

Tu as été parfait. Tout se déroule comme prévu.

— Je vois que tu es en contrôle total mais je t'avoue que je ne ressens pas la même chose…

— C'est ce que j'ai cru sentir tout à l'heure…

— Ah ! Pour ça, je n'ai qu'une chose à répondre : je ne suis qu'un homme – je viens d'avoir un rappel très clair sur le sujet.

Je décidai de ne pas épiloguer sur ce point et changeai de sujet :

— Non, ce qui m'ennuie, c'est que je sais que tu ne me dis pas tout. Je pense que je dois être mis au courant du dessous des cartes. J'ai balancé l'histoire de la tour sept de Dubaï parce que j'en avais entendu parler mais ce fut un coup de poker, qui aurait très bien pu mener à la catastrophe ! Ce n'est pas rassurant, crois-moi. Je n'aime pas quand il y a une telle marge d'incertitude.

— Patience, Atlan ! Tout vient à point à qui sait attendre.

Écoute bien ce que je vais te dire, car je ne compte pas le répéter : ce dossier, c'est mon dossier. Je le gère depuis plusieurs mois alors ne t'attend pas à ce que je te dévoile tout d'emblée. Par ailleurs, ton « ignorance » est aussi un atout pour ton rôle. N'oublie pas non plus que je n'avais jamais entendu parler de toi avant la semaine passée. Je fais certes confiance à France pour dénicher les talents, mais je préfère juger la « marchandise sur pièces ». Tu seras mis au courant au fur et à mesure que les choses vont s'enchaîner. Notre prochaine étape sera de contacter Giovanni afin de lui fournir le budget détaillé de la soumission d'**ABBH** sur un chantier que tu connais déjà.

— Quoi ? La tour sept ?

— Exactement. Le hasard fait bien les choses, n'est-ce pas ? C'est une chance que tu l'aies abordé, quoique nous aurions très bien pu progresser avec les Italiens sans ça. Voici le plan : demain matin, pendant mon jogging, j'appellerai Giovanni pour arranger la remise des documents. C'est le premier pas sérieux dans notre collaboration avec eux, après quoi il me fournira les informations dont j'ai besoin.

— Celles que tu es supposée leur acheter ?

— Tout à fait. Je peux déjà te dire que lorsque nous aurons mis la main sur ces infos, j'aurai besoin de toi pour les examiner avec moi. Du reste, pendant mon jogging, tu vas avoir ton rôle à jouer : tu seras à la plage, en compagnie de Simona. C'est ce que nous avons prévu avec Giovanni lors de mon dîner à Paris.

— Je m'y perds un peu, je t'avoue. Toutefois, je note que je suis à la fois le loup et l'agneau. Je comprends mieux pourquoi tu ne m'as pas tout dévoilé dès le départ.

— Ah. Tu vois. Je sais que la confiance entre nous se doit d'être mutuelle, tout comme elle se mérite. Des deux côtés. Je ferai ce que j'ai à faire de ce côté-là, n'aie aucune crainte.

Allons nous coucher, la journée de demain s'annonce décisive.

14.

Lisa avait sombré dans un profond sommeil en quelques minutes. J'en avais déduit que l'insomnie ne faisait pas partie de ses préoccupations. Quant à moi, j'avais fixé le plafond pendant un bon moment, remettant mes idées en place, me forçant à faire la part des choses entre le vrai et le faux, la comédie et la réalité. Pour en conclure qu'un bon comédien devait lâcher prise, afin d'être sincère et authentique dans le rôle qu'il endossait. Je devais me concentrer sur celui que j'étais censé être, le contrôleur de gestion limite ennuyeux mais suffisamment intéressant pour éveiller l'attention. À quoi ressemblait la vie des cadres sup', réelle ou supposée ? J'avais bien ma petite idée puisque j'en côtoyais quotidiennement au boulot. Mon travail… Qu'il me semblait loin, couché dans ce lit monégasque, aux côtés d'une créature de rêve, en chair et en os ! Tiens Dupré, une petite pensée pour toi ! Ce crétin n'était pas un bon exemple, il était condamné, vu son âge, à demeurer cadre intermédiaire de niveau trois, sixième échelon… Je me demandais de quels cerveaux torturés avaient pu sortir ces organigrammes « classifiant » le personnel tel la collection d'un entomologiste méticuleux. La réponse tenait en deux mots : ressources humaines.

Je m'étonnai de mes propres réflexions, moi qui vivais cela comme une fatalité il y a quelques jours encore. Qu'on ne vienne pas me dire que « ça ne change pas, un homme »…

Mon Dieu, j'en étais à citer notre Johnny national, ce qui m'éloignait de mes cadres supérieurs… Je nommai mentalement ceux que je fréquentais le plus souvent : Pascal, le quadra débonnaire, revenu de tout. Il était capable de se montrer accessible, proche, tout en maintenant la distance qu'imposait la hiérarchie de la boîte. Cela devait être une question de génération car, plus ils étaient jeunes, frais émoulus de leurs écoles de commerce payées par papa-maman, plus ils étaient imbuvables. Tiens, par exemple, ce petit con d'Alexandre, qui savait tout mieux que tout le monde et s'échinait, par principe, à m'apprendre mon boulot. « As-tu pensé à vérifier les factures produites par l'assuré et les comparer aux réclamations ? » Sérieusement ? C'est la base même du travail d'investigation en matière de sinistres, le truc que je fais depuis tant d'années et toi, toi, tu viens me dire comment le faire ? Rien que d'y repenser, je sentais colère et frustration remonter en moi. Des sentiments que je parvenais à enfouir en temps normal et que je m'autorisai, enfin, à assumer. Ça faisait du bien !

Réfléchissons. Je vais être un mélange de ces deux-là, accessible mais distant comme Pascal et… énervant comme Alexandre, à l'occasion. Je n'aurai qu'à me dire « comment Alexandre réagirait ? » Et me servir ensuite du capital-frustration accumulé toutes ces années pour lâcher la bête !

Il y avait un autre point sur lequel Alexandre serait un bon exemple : son goût pour la frime. Ne surtout pas posséder la voiture, la montre, le téléphone, la cravate de monsieur tout le monde. À croire que, plus que les objets en eux-mêmes, il désirait surtout se démarquer du reste du monde.

À partir de ces exemples, j'assemblai les pièces manquantes à mon personnage, empruntai des anecdotes les concernant pour me les approprier. Je serais donc un peu de chacun : sûr de moi et ne doutant de rien, mûri par l'expérience qui me donnerait la légitimité nécessaire pour asseoir mes certitudes, contrairement à « Alex ».

Le boulot maintenant. Un homme de chiffres. De budgets. J'y devinai un nécessaire travail d'enquêteur, la recherche de la petite bête, du grain de sable dans l'engrenage. Pour ça, je n'aurais aucun problème, le souci du détail était dans ma nature. Il faudrait juste que je me familiarise avec la lecture de chiffres plutôt que de rapports. Ça ne devait pas être trop compliqué, les budgets étant constitués d'additions et de soustractions. Hmmm. Ce n'était sûrement pas aussi simple que cela, il devait y avoir des subtilités qui m'échappaient. En tout cas, j'étais certain d'une chose : pour contrôler tous les aspects d'un budget, il fallait tous les comprendre. Savoir ce que représentait une journée de travail, le coût unitaire de tel produit, les marges bénéficiaires, bref être en mesure d'analyser, décortiquer, justifier ou critiquer chaque ligne.

Je visualisai les chiffres en train de s'aligner, mes pensées vagabondaient. Penser à des tableaux de chiffres alors que je partageais le lit de Lisa, quelle ironie. Le baiser de tantôt avait rallumé une flamme que je croyais éteinte à jamais. Pas de chance, je savais que ça n'irait pas plus loin avec elle, quand bien même j'aurais pu en crever d'envie. Philosophe par nécessité, je me consolai en me disant qu'elle aurait au moins été le révélateur de possibles. Pas avec elle, certes. Je doutais pourtant de ses inclinations, tant elle avait été convaincante dans l'étreinte fugace que nous avions partagée. Peut-être était-elle œcuménique dans ses choix ? Je me remettais à espérer. Mais quoi ? Nous étions tellement différents. En tous cas l'ancien Atlan, pas le « nouveau » qui, même s'il s'agissait encore d'un nouveau-né, s'annonçait déjà plein de surprises. La relation entre Lisa et moi me semblait le plus gros souci à gérer, à cette heure avancée de la nuit. Il faudrait que nous en parlions ; je serai honnête avec elle, même si j'étais certain qu'elle avait envisagé le problème…

Je repensai ensuite à France. Après tout, je ne l'avais vue que quelques fois, ne savais rien d'elle ou presque. Chaque fois que j'avais essayé de poser des questions, je m'étais fait rembarrer. J'avais cette impression que les deux femmes en savaient beaucoup sur moi, que je n'avais pas été choisi au hasard. Le sujet était sensible, et j'avais pu constater qu'il était inutile de l'aborder de front. Avec France en tous cas. Peut-être que Lisa serait plus prolixe, si j'amenais comme il fallait le sujet ? Ce dont j'étais sûr en revanche, c'était que je l'appréciais, cette nouvelle vie. Tout en gardant à l'esprit que tout ce « bling bling » me poussait sans doute à moins de circonspection. Il faudrait vraiment que je me débrouille pour en savoir plus.

Après avoir conclu que je ne pourrais pas régler cette question maintenant, je trouvai enfin le sommeil, dans ces draps douillets, empoignant à bras le corps mon deuxième oreiller.

15.

Lisa était déjà partie faire son jogging lorsque je me réveillai. Elle avait eu la délicatesse de me laisser un petit mot : « *Buongiorno Caro ! Tu es attendu à la plage de l'hôtel pour le petit déjeuner avec Simona. Demande à la réception de t'indiquer le chemin. Je vous rejoindrai sur place après mon jogging. XOXO* »

Elle avait poussé le souci du détail jusqu'à rédiger un billet qui, même s'il tombait entre de mauvaises mains, n'éveillerait aucun soupçon. Une douche rapide avant d'enfiler un maillot de bain légèrement fleuri, qui contrasterait avec la blancheur virginale de mon polo. La réception fit mieux que m'indiquer le chemin, ils proposèrent même de m'y accompagner. Surpris par tant d'attention, je cachai mon étonnement et acceptai de bonne grâce l'assistance du chasseur, un gamin d'une vingtaine d'années qui brillait par sa discrétion. Quelques minutes plus tard, je découvrais le cadre enchanteur de la plage de l'hôtel : différents espaces, allant de « loges » privatives à un ponton au béton lisse et impeccable. Matelas, parasols, abris, tout était blanc immaculé. Une simplicité dont se dégageait un luxe discret mais indéniable.

Simona était confortablement adossée à son matelas, plongée dans une lecture qui semblait passionnante. Dès qu'elle me vit, elle se fendit de grands signes, comme si j'avais pu la rater, alors que l'essentiel de la clientèle était composé de personnes âgées qui entretenaient inlassablement leur condition physique par un rituel bain matinal. Elle m'accueillit avec une chaleureuse accolade et profita de la présence du garçon de plage pour commander « *due cafè ristretti* » toute convaincue qu'elle était que le café ne pouvait se concevoir qu'ainsi. Une fois qu'elle fut rassise, j'entrepris de la détailler : elle portait un bikini blanc cassé, surmonté de bordures bleu marine, qui se prolongeaient légèrement au-delà des triangles du haut, à la manière des lacets d'un nœud. Les deux pièces de son maillot étaient ornées de médailles dorées judicieusement placées au cœur de sa poitrine et à proximité de l'aine. Sexy mais pas provocant. Petite et parfaitement proportionnée, sa peau cuivrée trahissait une exposition régulière au soleil. Contrairement à Lisa dont la musculature, bien que finement dessinée trahissait un entraînement régulier, Simona était toute en courbes, pulpeuse. Fidèle à sa réputation, je comptais quatre bracelets à son poignet droit, ainsi que, sur l'autre, une montre ornée de brillants.

De sa voix rauque, elle me demanda si j'avais bien dormi, un sourire entendu sur les lèvres. Je répondis à mon tour par une mine que je voulais blasée car, après tout, ce n'était pas ma première nuit avec Lisa :

— Oui, absolument, Simona. Je dois avouer que de telles escapades nous sortent de notre routine parisienne, avec juste ce qu'il faut de touche romantique. Exactement ce dont j'avais besoin !

Vous n'avez pas ce souci, en travaillant ici. Je vous envie…

— C'est vrai, mais tout n'est pas si rose non plus. C'est même parfois plus difficile : travailler pendant que les autres s'amusent et sont en vacances, c'est souvent pénible !

— On rêverait tous de ne pas avoir à travailler…

— Ah mais j'adore ce que je fais ! Les relations publiques, je n'ai même pas l'impression que c'est un travail. Il y a beaucoup de bons côtés même si c'est parfois très… délicat.

J'approuvai, l'air entendu :

— La diplomatie ne doit pas être la moindre de vos qualités.

Simona attrapa sa tasse de café, qu'elle but d'un trait, son autre main à plat en dessous de la tasse. Curieuse façon de boire son café, sur laquelle je ne cillai pas. Elle reprit :

— Oh, ne m'en parlez pas ! Les plus durs à convaincre ne sont pas tant les journalistes que les dirigeants de la compagnie. Je dois faire preuve d'énormément de subtilités et autant de détours pour parvenir à leur faire comprendre l'importance des messages à faire passer. Une chance qu'ils me confient le rôle de porte-parole, ça m'a permis d'éviter des catastrophes !

— J'imagine ! Et bien, ce n'est en tous cas rien de comparable avec mon univers de chiffres…

— Allons ! Je suis sûre qu'il doit y avoir des côtés passionnants à tout décortiquer, connaître le coût de chaque chose, sans parler de l'excitation de gérer des millions ou même des milliards…

Le moment était venu de renforcer mon personnage :

— J'avoue. C'est parfois grisant et je me sens comme un mécanicien qui connaîtrait parfaitement le moteur d'un bolide. Vous êtes très forte en communication, il n'y a pas à dire : il y a une seconde, j'étais convaincu que mon boulot était tout sauf passionnant et voilà que vous l'éclairez sous son meilleur jour !

— Vous voyez, c'est ça, les relations publiques !

— Je vois parfaitement ! Et j'imagine aussi que Giovanni doit en faire un peu ; après tout, signer des contrats requiert sûrement une bonne dose de diplomatie.

— Et d'audace aussi. Gio n'en manque pas, ça c'est sûr ! C'est d'ailleurs ce qui m'a séduit en premier chez lui ! Tiens, ça me fait penser, et vous, avec Lisa, comment vous êtes-vous rencontrés ? Je veux tout savoir !

Ah. Voilà une chose à laquelle je n'avais pas pensé dans mes réflexions nocturnes. Je repassai les éléments en ma possession aussi vite que je le pouvais, avant de répondre :

— Le travail. Nous avons été amenés à collaborer sur un projet spécifique qu'elle reprenait alors qu'il était à la moitié de son avancement et aux trois quarts de son budget. Le genre de situation explosive. J'ai vu entrer cette jolie femme dans mon bureau, je me souviens encore de son tailleur-pantalon noir, sublime. Je vous dis ça malgré le fait qu'elle est arrivée telle une furie et je n'oublierai jamais ses premiers mots : *« est-ce que vous êtes en mesure de m'expliquer comment ça se fait que vous ayez laissé passer un tel décalage entre le budget et l'avancement du chantier ? »*...

J'inventais au fur et à mesure que je parlais, gardant à l'esprit le souci du détail et de la vraisemblance. Je poursuivis :

— Je vous jure que le moment d'émerveillement fut donc de courte durée ! Je l'ai invitée à s'asseoir et à m'expliquer le problème. Nous avons passé en revue tous les postes budgétaires et j'ai ainsi pu lui expliquer les dépassements de coûts, les uns après les autres : intempéries, augmentations brutales du prix des matières premières, changement de trois architectes en cours de projet, j'en passe. Nous y avons passé toute l'après-midi et une bonne partie de la soirée. J'avais enfin trouvé une gestionnaire de projets qui posait les bonnes questions et appréhendait le processus dans une globalité qui échappait à la plupart de ses collègues. À la fin de la journée, j'étais définitivement sous son charme... Un coup de foudre qui a commencé par un éclat de tonnerre.

J'étais fier de moi, je trouvais que l'ensemble tenait parfaitement debout. Simona semblait satisfaite de mon récit, qu'elle avait ponctué de sourires et d'exclamations affectueuses. Ouf. Il faudrait toutefois que je pense à mettre Lisa au parfum, afin d'éviter d'éventuels impairs. Encore une partie du scénario dont nous n'avions pas parlé... J'en venais à me questionner sur ce manque de préparation. Nous aurions pourtant eu le temps de planifier ce type de détails durant le trajet en voiture depuis Paris... Ou bien était-ce à dessein qu'elle me laissait dans le flou ? Je n'en voyais pas la raison.

Je me raidis subitement : Lisa arrivait !

Sans réfléchir, je me levai pour foncer à sa rencontre, après avoir indiqué à Simona que je courais vers ma dulcinée puisque je l'avais ratée ce matin.

Lorsque j'arrivai devant elle, je l'embrassai avant de lui chuchoter :

— Ne mentionne rien sur notre rencontre qui s'est déroulée au bureau à l'occasion d'un projet foireux !

16.

Après un rapide café, Lisa écourta mon séjour à la plage, prétextant le besoin pressant d'une « douche réconfortante » après sa séance de jogging. Un clin d'œil discret en direction de Simona devait être le signal que la mission de cette dernière était à présent terminée : plus besoin d'occuper la potiche…

À peine avions-nous pris congé de Simona qu'elle se replongea avidement dans son livre : même si elle s'était montrée tout à fait aimable, nous ne lui manquerions guère, la chose était certaine.

Lorsque nous fûmes à bonne distance, j'expliquai immédiatement à Lisa les fameuses circonstances de notre rencontre. Je sentais que ces détails étaient bien trop importants pour risquer de les voir se déliter ou pire, les oublier, en les remettant à plus tard. Sa réaction fut admirative :

— Et tu as inventé tout ça comme ça, en improvisant ?

J'opinai du bonnet, assez flatté, il fallait bien l'avouer. Elle poursuivit :

— Et bien, France ne s'était vraiment pas trompée à ton sujet, Atlan ! « On en fera quelqu'un de bien ! »…

— Espérons que, comme dans la chanson, j'aille loin… !

Je sentis qu'avec cette remarque, je venais de redescendre quelques marches dans l'échelle de l'admiration de Lisa. Elle se contenta de me lancer :

— Il va falloir que nous pensions à rafraîchir et bonifier ta culture musicale, parce que là, laisse-moi te le dire tout net : tu crains !

Les yeux mi-clos, je la fusillai gentiment du regard, bien obligé cependant de confirmer qu'elle avait raison, avant d'éclater de rire.

— En attendant de faire de toi un « enfant du rock », nous allons déjà nous concentrer sur notre mission. Puisque tu brûles d'envie de le savoir, j'ai remis à Giovanni les documents que je suis censée t'avoir soutirés. Il ne les a bien entendu pas examinés sur place mais m'a promis être en mesure de me livrer les siens en début de soirée. Nous allons donc devoir attendre jusque-là. Donc, puisque nous avons quartier libre, je vais t'emmener en promenade dans l'arrière-pays.

— Une balade bucolique, chic alors. Moi qui déteste marcher…

— Pas de panique ! Tu n'auras pas à user tes mocassins flambant neufs et tu peux même rester en maillot de bain.

Je n'étais qu'à moitié rassuré par les exigences vestimentaires de notre excursion. Au moins n'aurais-je pas à gravir un sommet escarpé, du moins c'est ce que j'espérais. À peine étions-nous arrivés sur la place de l'hôtel que Lisa fit tourner son index gauche en direction du ciel, à l'attention d'Alberto, le voiturier dont l'air entendu ne laissait planer aucun doute sur le professionnalisme. Quelques minutes plus tard, la rutilante Alfa était à nos pieds et nous embarquâmes à son bord, direction l'arrière-pays.

Lisa n'avait qu'une envie : appuyer sur le champignon mais se retenait. Sans doute l'effet des caméras de surveillance aussi omniprésentes que la police monégasque. Lorsque nous fûmes sortis de la Principauté, son pied se fit plus lourd sur l'accélérateur. Nous cheminions vers Menton de façon légèrement plus agressive et lorsque nous prîmes la direction d'un village nommé Gorbio, la route se faisant plus dégagée, elle commença à franchement se laisser aller. Elle ponctua sa conduite :

— Ça va commencer à devenir sympa lorsque nous aurons dépassé Serre de la Madone. La D22 est un régal. Encore plus en moto, mais on va dérouiller un peu ma belle italienne !

Je n'avais jusqu'à présent eu droit aux prouesses automobiles de Lisa que sur des tronçons autoroutiers rapides. Je constatai avec angoisse qu'elle ne modérait guère plus le rythme sur des routes de chèvres, où les lignes droites semblaient inexistantes.

—Je pourrais faire cette route les yeux fermés.

—Je te crois sur parole, mais si tu veux bien, garde-les donc ouverts ! Où va-t-on, au fait ? Gorbio, c'est ça ?

— Non. Un peu plus haut que Sainte-Agnès, un charmant nid d'aigle, tu vas voir.

La seule chose qui me venait à l'esprit était un « Sainte-Agnès, priez pour nous ! »

Curieuse réaction car, en dépit de son amour immodéré de la vitesse, j'avais pourtant confiance dans la conduite de Lisa.

Je n'eus guère le temps de décortiquer plus avant mes impressions : nous venions de passer le village et, quelques minutes plus tard, Lisa bifurqua sur une petite route de gravier. Le genre de chemin que seul un œil exercé aurait pu déceler, tant il était entouré de végétation et placé au détour d'un virage serré. J'avais presque mal pour la voiture, qui souffrait de l'absence de bitume bien lisse. Au détour d'une ultime courbe, nous arrivâmes sur un plateau qui offrait une vue magnifique à la fois sur les montagnes et la mer, que je n'avais pas imaginée si loin de nous.

Lisa coupa le moteur et se pencha vers moi. Elle ouvrit la boîte à gants dont elle extirpa… un revolver !

— Passons aux choses sérieuses !

Une arme ! Elle s'en était saisie aussi machinalement que j'attrape ma brosse à dents le matin ! Considérant ses aptitudes au corps à corps, je n'étais pas tant étonné par l'attitude de Lisa que par l'arme en elle-même. Un modèle noir mat, compact et massif. Le court canon était d'apparence rectangulaire. Toute l'arme était anguleuse. Je n'avais jamais vu un revolver de si près, je crois bien que c'était ça qui me fascinait le plus. Lisa sourit en découvrant mon air impressionné. Elle en rajouta une couche :

— Chiappa Rhino. Canon de 2 pouces mais ça envoie du calibre 357. On ne dirait pas en le voyant, n'est-ce pas ? Il ne s'appelle pas Rhino pour rien, tu vas voir.

L'arme en main, elle sortit de la voiture. J'en fis autant, me sentant soudainement très déplacé dans mon maillot de bain à fleurs, fussent-elles pastel.

— Je ne sais pas ce qui nous attend, mais je sens des *bad vibes*[3] avec Giovanni. J'ai comme l'impression qu'une fois qu'il aura encaissé le blé, nous devrons avoir des yeux derrière la tête. Autant que tu sois préparé, au cas où. Vu ta tête, j'imagine que tu n'as jamais manipulé d'armes, je me trompe ?

— On ne peut rien te cacher. Mon arme à moi, c'est le stylo…

— La première fois, ça impressionne. Après, ça fascine. Le plus important, c'est que tu t'en sois déjà servi une fois, pour ne pas avoir la surprise de la détonation lorsque le moment viendra.

Je notai qu'elle avait employé le futur. Ça m'inquiétait. Elle me remit l'arme et me dit :

— Vise donc ce vieux fût qui traîne.

L'arme était étonnamment légère, tout au plus un kilo. J'aurais juré qu'un tel instrument de mort pèserait bien plus lourd. Comme quoi…
J'hésitai à m'exécuter, je regardai Lisa, incrédule.

---

[3] Mauvaises vibrations, un mauvais pressentiment.

— On ne va pas y passer la journée, coco. Allez !

Je pointai l'arme en direction du fût et fermai un œil pour viser à l'aide de la mire rouge qui ressemblait à un minuscule niveau à bulle. Je sentais la gâchette sous mon index. J'avais l'impression qu'avec ça en main, il ne pouvait rien m'arriver. Je retins ma respiration et pressai la détente. Une détonation sourde résonna, sèche et grave. Puis l'écho remplit son office, répercutant ce bruit à plusieurs reprises. Je ressentais dans mon avant-bras cette même onde de choc, encore et encore. Je sentais l'odeur âcre de ce qui ne pouvait être que la poudre. J'en emplissais mes narines, afin de fixer en moi tous les aspects de cette nouvelle expérience.

Lisa approuva et me dit : « recommence ! »

Je tirai. Une fois, deux fois, trois fois.

J'avais l'impression de commencer à saisir le déroulement de la séquence. Utiliser une arme se révélait, en fait, d'une simplicité évangélique. Viser juste était une autre histoire. Le vieux fût était demeuré impassible, signe que je ne l'avais frôlé avec aucun projectile. La précision demanderait du travail !

« Encore ! »

Je m'exécutai, me concentrant sur ma cible. Je bloquai ma respiration au moment de faire feu. Cette deuxième salve s'avéra plus fructueuse que la première. Le clic de la percussion à vide du chien m'indiqua que j'avais épuisé toutes les balles du barillet. Je me remis à respirer normalement, satisfait.

Lisa s'approcha de moi et tendit sa main. Je lui remis l'arme, dont elle fit glisser le barillet, jetant les douilles à terre. Elle me la remit ensuite :

— Maintenant, nous allons passer à la deuxième étape, sans doute celle qui te servira le plus. Tiens-moi en joue.

Je sentais que le temps n'était pas aux questions idiotes et pointai l'arme dans sa direction. Elle se rapprocha un peu de moi et demeura immobile. La seconde d'après, elle avait fondu sur moi, attrapé mon bras, pincé mon poignet d'une main, attrapé l'arme de l'autre et effectué ce ballet dont le clou était Lisa, face à moi, en train de pointer l'arme sur moi !

— Tu es mort et tu n'as même pas eu le temps de t'en rendre compte. Je ne m'attends pas à ce que tu réussisses à exécuter ce mouvement après une seule démonstration mais il y a deux choses capitales que tu dois retenir. Lesquelles ?

Je rassemblai mes idées. Je n'avais rien vu venir. La vitesse d'exécution avait été hallucinante. Je balbutiai :

— La rapidité… ? Pour la deuxième chose, je ne vois pas.

— Un sur deux, c'est déjà ça. La rapidité est effectivement capitale. C'est au moment où tu hésites que tu scelles ton destin. Tu vois une arme, tu fonces dessus. Chaque seconde de perdue augmente les risques que tu y passes.

— Je n'y connais peut-être rien, mais je trouve cette méthode plutôt suicidaire…

— Justement. Tout le monde trouve ça suicidaire. Personne ne s'y attend. L'effet de surprise est garanti ! Bien sûr, il faut être proche pour agir ainsi. Quasiment à bout touchant. Bon. Et la seconde, tu ne vois toujours pas ?

— Non. Je donne ma langue au chat…

— Réfléchis, Atlan. C'est technique cette fois-ci : il faut approcher par l'extérieur du bras qui tient l'arme, pour s'assurer de la détourner ou l'attraper en minimisant les risques. Tu dois danser autour. Elle est le centre de l'action.

— OK, donc rapidité et approche par l'extérieur. Il n'y a pas à dire : avec ça, je me sens paré…

— Arrête deux secondes les sarcasmes ! Évidemment que tu ne vas pas devenir un commando en une séance, ça va de soi. Mais il faut bien commencer quelque part !

— J'ai comme l'impression que le chemin sera long et sinueux comme la route qui nous a menés ici…

— Je connais les raccourcis, ne t'en fais pas.

17.

— David, tu as faim ?

— J'avoue. Toutes ces émotions m'ont ouvert l'appétit.

— Parfait. J'ai exactement ce qu'il te faut. Nous allons devoir repasser par l'hôtel en revanche. Nous devrons nous changer. Impossible d'aller là où je t'emmène en tenue de jogging ou maillot de bain.

Lisa alluma la radio. Elle avait raison sur un point : ma culture musicale laissait à désirer. J'aurais été bien incapable de nommer les morceaux qui se succédaient. Tout au plus pouvais-je indiquer qu'il s'agissait d'airs *jazzy* plutôt calmes. Systématiquement des voix féminines, tantôt douces, tantôt éraillées, voire graves. Si certains pensent que « dis-moi ce que tu écoutes, je te dirai qui tu es » s'applique à tout le monde, je tenais l'exception confirmant la règle. Ayant vu Lisa à l'œuvre dans des situations tendues, j'aurais misé sur du métal aux riffs de guitare bien lourds, agressifs. Ce qui sortait des haut-parleurs était tout le contraire. Après tout, elle ne se résumait pas qu'à la bagarre. Je l'imaginais dans sa chambre d'adolescente, écoutant des après-midi durant ce genre de chansons. À moins que ce goût ne lui soit venu que tardivement ?

Je me triturais les méninges alors qu'il me suffisait… de lui poser la question !

— Je ne peux m'empêcher de remarquer que toutes les chansons sont interprétées par des femmes, avec des tessitures de voix parfois très différentes. Quel est le fil conducteur de tes goûts ?

— Le « fil conducteur de mes goûts » ? Dis donc, j'espère que ce n'est pas avec ce genre de phrases d'accroche que tu espères emballer, toi !

— Tout de suite ! Je vais finir par croire que… tu ne raisonnes qu'en termes de drague, toi !

Je constate en tous cas qu'en ce qui concerne le sarcasme, tu ne laisses pas ta part au chat, toi non plus…

— France n'est pas la meilleure « marieuse » pour rien ! Oh et puis, au diable ! Oui, c'est mon plaisir coupable, les chansons d'amour bien surannées, voilà, j'avoue tout !

— Wow, je ne pensais pas que tu en concevais une quelconque gêne. En tous cas, je n'avais pas l'intention de te mettre dans l'embarras.

Après tout, ma pendule s'est arrêtée dans les années quatre-vingt, je n'ai pas vraiment de quoi pavoiser…

— On va dire qu'on est à un partout. Tiens, écoute donc ce morceau de Sophie Milman. Elle est terrible cette fille. Quelle voix !

Je ne voyais guère de différences avec les interprètes précédentes, mais n'allai pas m'engager sur un terrain glissant dont je ne connaissais rien. Au fil de la discussion, je n'avais pas vu le temps passer. Nous étions déjà de retour à Monaco. Arrivés à l'hôtel, Lisa prévint le voiturier de laisser la voiture à proximité. Il aurait même pu la laisser tourner tant nous fûmes rapides à nous changer. Dix minutes plus tard, nous étions à nouveau dans le bolide de Lisa :

— Tu ne devrais pas être déçu de l'endroit où je t'emmène. Ambiance garantie et je ne te parle même pas de ce que tu vas manger !

J'essayai bien d'en savoir plus mais Lisa s'avéra muette comme une tombe, se contentant d'indiquer que la surprise me plairait, elle en était sûre. Nous avions pris l'autoroute, en direction de Nice. Encore un endroit que j'allais découvrir. Je m'imaginais déjà un restaurant en terrasse, sur la promenade des Anglais ou, mieux encore, dans le Vieux Nice aux petites ruelles étriquées. Un vrai décor de carte postale se mettait en place dans ma tête. Je m'y voyais déjà.

Quelle ne fut pas ma surprise lorsque Lisa stationna la voiture peu après la sortie de l'autoroute, à proximité de la ligne de chemin de fer, située juste en dessous de ce qui ressemblait à une voie rapide. Pour le décor enchanteur, on repassera.

— C'est ici ? Où est-ce que tu m'emmènes ?

— Tu vas voir et tu ne seras pas déçu du voyage. Parole de Lisa Marmara !

Je la regardai, interloqué. Je me rendis compte qu'elle venait de prononcer pour la première fois son nom de famille. Marmara. Comme la mer bordée par la Turquie, reliant la Méditerranée à la mer Noire. Je me demandai s'il s'agissait de son vrai nom ou d'un pseudonyme. Je penchai pour la deuxième hypothèse mais le moment était mal choisi pour commencer à disserter sur le sujet. Lisa était déjà à la porte d'un vieil immeuble, tapotant sans hésitation le code ouvrant la porte d'entrée et, dès que le claquement de la gâche se fit entendre, me lança : « Allez, viens ! »

Je la suivis à l'intérieur de la bâtisse dont le couloir ne payait pas de mine et découvris un hall magnifique : un sol en marbre, des parois ornées de miroirs et un vieil escalier en fer forgé au centre duquel trônait un ascenseur antédiluvien. Lisa emprunta d'un pas rapide les escaliers jusqu'au troisième étage. Elle tenait vraiment la forme, contrairement à moi, qui devrais sérieusement songer à l'accompagner dans ses séances de jogging…

Nous arrivâmes devant une porte munie de trois serrures. Elle toqua vigoureusement. Je me demandai de plus en plus ce qui m'attendait…

La porte s'ouvrit, dévoilant une petite femme, d'une bonne soixantaine d'années, l'air méfiant. Lorsqu'elle reconnut Lisa, la porte s'ouvrit en grand et la femme lui sauta au cou :

— Lisa ! Ma chérie ! Ça alors, depuis le temps… On te croyait tous morte ! À ne jamais donner de nouvelles, hein, forcément…

Et en prime, tu n'es pas venue seule ? Vous êtes qui, vous ?

Incroyable. Cette femme passait de la joie à la méfiance en un quart de seconde. Difficile à suivre. Je ne me démontai pas :

— David Atlan. Je travaille avec…

— Atlan ? Tu es de la famille de Simon Atlan, de Mostaganem ? En tous cas, tu lui ressembles...

Avant même que j'eus le temps de répondre par la négative, une voix se fit entendre, de l'intérieur de l'appartement :

— Zita ? Tu fais quoi, là ? Ça refroidit, c'est pêché !

Zita, c'était donc ainsi qu'elle s'appelait, roula les yeux au ciel, mimant le comble de l'énervement. Elle nous fit entrer en maugréant à l'attention de celui qui lui avait fait cette remarque :

— C'est bon Serge, vous pouvez bien attendre quelques minutes... En plus, t'as des réserves, tu ne vas pas dépérir !

Le ton était donné. Lisa avait raison, je n'étais effectivement pas déçu du voyage !

Je compris mieux pourquoi elle m'avait promis une surprise en avançant dans le couloir. Une odeur familière, que je n'avais plus sentie depuis des années, se rappela à moi... La dafina. Une foule de souvenirs remonta en moi, et je me souvins de la dernière évocation de ces réminiscences. Dans la voiture, Lisa l'avait mentionné et je ne m'étais pas étendu sur le sujet. Comment avait-elle pu deviner ? Je n'eus guère le temps de m'interroger plus, nous étions à présent dans le salon, face à une tablée d'une douzaine de convives, mêlant hommes, femmes, enfants, jeunes et moins jeunes. Tous les visages s'éclairèrent en découvrant Lisa et celui qui devait être Serge – si j'en jugeai pas son âge et son ventre qui lui permettait quelques « réserves » – se leva, les bras grands ouverts en direction de celle-ci. Il me serra ensuite vigoureusement la main et m'indiqua :

— Attention, cette fille-là, c'est un danger public ! Vous le savez, au moins ?

Je répondis que j'avais déjà eu l'occasion de constater certains de ses talents, avant que Lisa ne fasse officiellement les présentations :

— Voici David, un ami avec qui je travaille. David, voici Serge, Zita et toute la smala. Ma deuxième famille.

Ça faisait longtemps que David n'a pas eu droit à une dafina et, comme nous sommes de passage sur la Côte, et qu'en prime, nous avions faim, et bien… nous voilà !

Cette dernière précision déclencha, évidemment, une remarque bien sentie de Zita, qui se consolait tout de même de cette occasion de revoir Lisa, même si elle n'était due qu'à ses talents culinaires. En quelques secondes, deux places furent faites au milieu de cette table qui était déjà pleine à craquer et avant que j'ai eu le temps de dire quoi que ce soit, je me retrouvai face au plat favori de mon enfance. Je jetai un coup d'œil à Lisa, songeant qu'elle était pleine de surprise. D'attention également… Je me demandai toujours comment elle avait pu savoir mais je décidai de profiter de cet instant, qui me ramenait à un univers que je croyais perdu à jamais.

Lisa avait bien fait les choses. Vraiment. Non seulement je retrouvais les saveurs de mon enfance – à croire que Zita et ma mère avaient appris la recette de la dafina ensemble – mais surtout, ce repas fut l'occasion de me rafraîchir la mémoire sur ce qui était en définitive essentiel : la famille. C'est curieux comme certaines choses peuvent vous sauter au visage comme des évidences lorsqu'elles sont démontrées par des inconnus. Partager la dafina de la « deuxième famille » de Lisa, qui me recevait comme l'un des leurs, les entendre raconter des anecdotes colorées, ne pas rater une occasion de se mettre en boîte et, au-delà, profiter, tous ensemble, de l'instant qu'ils partageaient, tout cela me ramenait à mon enfance et au bonheur de se retrouver en famille, parmi les siens. Deux pensées contradictoires me vinrent. La première, c'est qu'en épousant Stéph' j'avais renoncé à tout ça. Elle n'était pas du même monde, ne partageait rien de cet univers, auquel, à l'époque, je n'étais pas fâché de tourner le dos. La suite des événements avait parlé d'elle-même, pour s'achever sur un divorce et deux enfants qui, au mieux, m'ignoraient. Je savais qu'il n'y avait plus grand-chose à faire et, tout en riant de bon cœur à l'histoire que Zita racontait – sûrement pour la millième fois – à propos de Jonathan, qui avait réussi à s'oublier sur scène lors de la kermesse de l'école, j'avais, pour la première fois depuis longtemps, envie d'être optimiste. Ce grand gaillard d'aujourd'hui vingt-cinq ans ne se formalisait même plus de se faire rappeler sa mésaventure ; au-delà de ce qui aurait pu être perçu comme le rappel d'une humiliation, il savait qu'en racontant cette histoire, Zita, avec une tendresse maladroite, le revoyait enfant. Tout comme je savais le chapitre de ma vie avec Stéph' définitivement terminé, ces inconnus me démontraient par l'exemple que tout était encore possible, que la vie pouvait être autre chose, qu'il y avait plus et, surtout, qu'il fallait profiter du moment présent, du bonheur simple d'être réuni avec des gens qu'on aime et qu'on apprécie.

18.

Nous avions quitté Zita, Serge et le reste de la smala en milieu d'après-midi, après la réception par Lisa d'un SMS confirmant son rendez-vous avec Giovanni. Nous avions deux heures pour rejoindre le lieu de l'échange, un parc situé à Menton, non loin de la frontière italienne m'avait précisé Lisa, qui ajouta :

— En fait, c'est à deux pas de Monaco. J'imagine que Giovanni enrobe la livraison des documents d'un voile de mystère.

— Compte tenu du nombre impressionnant de caméras de surveillance à Monaco, il n'a peut-être pas envie de se faire filmer alors qu'il reçoit une enveloppe, tu ne penses pas ?

— C'est bien possible. Même si, sur ce coup-là, il n'a pas vraiment à se cacher de sa boîte, puisqu'il va leur ramener de précieux renseignements, mais j'imagine qu'il préfère ne pas laisser de traces de son « petit bonus »

Lisa m'offrit une traversée de Nice, dont le trafic n'avait pas grand-chose à envier à celui de la région parisienne. J'admirais les façades bourgeoises des grands immeubles du centre, confirmant le côté métropolitain de cette ville qui, à quelques rues seulement, offrait un panorama sur la Méditerranée invitant à la villégiature. Je ressentis ce contraste en observant les passants : des touristes flâneurs qui côtoyaient des professionnels pressés. Dans ces rues souvent étroites et encaissées, l'Alfa paraissait encore plus petite que d'habitude et je m'amusais de découvrir sous un jour inédit les deux roues qui tourbillonnaient dans les rues : il me fallait lever le regard pour apercevoir un peu plus que les genoux des conducteurs !

Après un long soupir d'exaspération, Lisa déboîta au coin d'une rue et fit rugir le moteur dans une ruelle avoisinante. S'en suivit une série de détours donnant le tournis, avant que nous ne retombions enfin sur l'artère que nous venions de quitter. Lisa ponctua ainsi la manœuvre :

— Je ne m'y ferai jamais à ces livraisons en fin de journée… En plus, ce n'est pas bon pour la voiture, les Alfa, ça chauffe dans les embouteillages !

— Pourquoi est-ce que j'ai l'impression que la surchauffe de la voiture ne durera plus très longtemps ?

— Sans doute parce que je vais t'offrir la route panoramique : nous allons prendre la grande corniche. Une vue à couper le souffle, tu vas voir.

Comme guide touristique, Lisa se posait là. Sauf que je ne pris guère le temps d'apprécier le paysage et tâchais de me concentrer sur la route :

— Tu parles d'une promenade digestive après la daf'… Tu veux ma mort, c'est pas possible ?

Lisa éclata de rire :

— Dis donc toi, deux heures avec Serge et Zita et ton naturel revient au galop !

— Ce n'est pas le naturel qui parle, c'est mon instinct de survie !

— Méfie-toi Atlan, tu es en train de devenir impayable !

Je devais bien admettre qu'elle n'avait pas tort à propos de ma vraie nature. J'avais de plus en plus l'impression de me réveiller d'un long sommeil. Cette nouvelle vie, ce métier dans lequel je n'avais pas encore une semaine d'ancienneté et où je me sentais néanmoins déjà comme un poisson dans l'eau. Et cette fille, incroyable. Elle m'avait touché par son attention. Elle m'avait fait partager une intimité avec sa deuxième famille qui en disait long sur elle et sa générosité. De la voir ainsi accueillie par Zita m'en avait appris beaucoup à son sujet. Je me sentais à présent encore plus proche de Lisa. Peut-être était-ce pour cela que je me permettais d'utiliser des expressions que je n'avais plus entendues depuis des années. En tous cas, j'étais bien. Si la route avait été moins sinueuse, tout aurait été parfait !

Je décidai de ne pas répondre à Lisa. Je savais qu'elle savait. Nous avions beaucoup plus en commun que je l'aurais supposé en la rencontrant. Elle me faisait confiance et me l'avait dévoilé. Je me sentais… important. Cette impression de compter pour quelqu'un. Un sentiment que je n'avais plus ressenti depuis si longtemps.

En y réfléchissant, je n'avais jamais senti ça avec Stéph' ni avec personne. En fouillant dans mes souvenirs, je ne trouvais qu'une image : celle de ma mère. Ou plutôt son amour, sa tendresse. Je regardai Lisa qui conduisait, sourire aux lèvres. Je décidai de me taire, n'ayant qu'une envie : jouir de cet instant, en silence.

Lorsque nous arrivâmes dans Menton, au terme d'un parcours digne d'un rallye, Lisa me prévint :

— Tu n'es pas censé être avec moi pour l'échange, il va falloir que je te dépose quelque part avant le parc. Tu boiras un café sur le port en m'attendant, ça ne devrait pas être trop long.

— Ni trop difficile. Enfin, c'est ma couverture de potiche, difficile d'y échapper. Et puis, je ne vois pas très bien où je me cacherai dans ton « kart »…

— Je te mettrai à contribution bien assez tôt. Tu te souviens que tu vas devoir chercher la petite bête dans les documents que Giovanni va nous remettre, n'est-ce pas ?

J'approuvai alors que nous arrivions en bord de mer. Lisa arrêta la voiture sans crier gare, déclenchant un concert de klaxon derrière elle :

— Le café du port se trouve juste en dessous de la promenade. On s'y retrouve dans une demi-heure. Tu as bien ton téléphone avec toi ?

Je confirmai en refermant la portière, sous le regard désapprobateur des automobilistes coincés derrière l'Alfa. Lisa était déjà loin et j'eus à peine le temps de la voir obliquer dans une rue perpendiculaire avant qu'elle ne disparaisse.

Il ne me restait plus qu'à aller prendre mon mal en patience en terrasse.

Je profitai de cette fin d'après-midi tranquille sur le port et observai le spectacle que les riverains et passants m'offraient. Des jeunes familles promenant leurs enfants aux vieux pêcheurs du dimanche rentrant à quai, il y avait de quoi faire. Je sentais une légère brise qui tempérait la chaleur du soleil, encore vivace malgré l'heure avancée. Bientôt, je serai plongé dans l'examen de ces fameux documents, bilans et appels d'offres, à la recherche du petit détail qui nous mettrait sur la piste. Mais de quoi, au juste ? Tout ce que je savais pour le moment, c'était qu'il serait sûrement question d'énormes chantiers de construction dont j'aurais sûrement du mal à comprendre les tenants et aboutissants, n'étant pas du tout familier avec ce genre de projets. Je tentai de me rassurer : si France et Lisa me faisaient confiance, ce n'était pas pour rien. Sans doute m'avaient-elles trouvé des qualités que j'ignorais encore et qui seraient utiles à leurs plans ?

Je regardai ma montre. Cela faisait vingt minutes que Lisa m'avait débarqué. Elle ne devrait plus tarder à donner des nouvelles. Et si elle n'en donnait pas ? Avant même l'échéance, je commençai déjà à m'inquiéter. Il n'y avait pas de raison, me dis-je, pour me tranquilliser. Un banal échange, dans un endroit public et tranquille. Qu'aurait-il bien pu arriver par une journée aussi parfaite ?

Les promeneurs continuaient à défiler sous mon nez, profitant de cette fin de journée, chacun à leur manière. Je me surpris à lancer un regard attendri à un couple de jeunes amoureux qui se tenaient, fermement enlacés, comme si le fait de se tenir à une plus grande distance allait réduire leur amour… Ils avaient toute la vie devant eux pour s'éloigner et je leur souhaitai de rester ainsi pour toujours. Ce n'était pas parce que ça n'avait pas fonctionné pour moi que ça ne devait pas marcher pour eux…

Soudain, mon téléphone se mit à vibrer. Un SMS de Lisa : *« On a un problème. RDV au feu à côté de la capitainerie du port »*.

À peine avais-je terminé la lecture du message que j'entendis au loin rugir le moteur de l'Alfa. Je bondis sur le quai en direction de la capitainerie, afin de rejoindre Lisa, inquiet du « problème » rencontré…

19.

Au prix d'un bon essoufflement, le timing fut parfait : j'arrivai au feu rouge à côté de la capitainerie en même temps que Lisa. J'embarquai, l'air interrogatif. La mine de Lisa n'augurait de rien de bon. Elle ne prit même pas la peine de me regarder, ne quittant pas la route des yeux. Tout en bouclant ma ceinture, je lui demandai :

— C'est quoi exactement « le problème » ?

— Trois fois rien. Giovanni s'est fait enlever sous mes yeux par trois mecs qui sont en train de lui faire passer la frontière. Tu vois l'Audi bleu marine là-bas ?

— Oui, derrière la caravane, c'est ça ?

Elle hocha la tête. Je repris :

— J'imagine donc que tu n'as pas obtenu les documents ?

— Non. Je me suis garée en haut du parc, par précaution. En descendant, j'ai vu notre ami tranquillement installé sur un banc. Je m'apprêtais à le rejoindre quand j'ai vu les trois gorilles débarquer. Giovanni les a sûrement déjà rencontrés car il les a immédiatement reconnus. Ces mecs sont des pros, c'était visible rien qu'à leur démarche.

— Et tu as donc décidé de leur filer le train ? Je sais bien que trois gus, ce n'est pas un problème pour toi, mais là, on n'est pas un peu limite ?

— Il nous faut ces renseignements. Sans foutre en l'air notre couverture.

— Et comment est-ce que tu comptes faire ça ?

— Je ne le sais pas encore, mais je vais trouver. Pour l'instant, ne les perdons pas de vue, on va déjà voir où ils emmènent leur colis.

— Je pense à un truc, Lisa. S'ils savaient pour l'échange, ils doivent aussi être au courant pour nous, enfin pour toi. Ta couverture est peut-être déjà grillée…

— Raison de plus pour intervenir. S'ils ont voulu l'intercepter si vite, avant l'échange, c'est que je ne les intéresse pas tant que ça, tu ne crois pas ?

J'essayais d'analyser tout ça, de mettre de l'ordre dans mes idées. Alors que nous traversions la frontière, Lisa me lança :

— Vérifie que le flingue est bien chargé. Il y a des cartouches dans la boîte à gants.

Sans un mot, je m'exécutai. Cette fois-ci, il ne serait pas question de tirer sur un vieux fût, j'en étais à peu près sûr. Après quelques tâtonnements, je basculai le barillet. Le reste se passait de mode d'emploi et j'insérai les six cartouches, les unes après les autres.

L'Audi déboîta et doubla la caravane qui n'en finissait pas de se traîner. Nous étions six voitures plus loin. Dès qu'elle le put, Lisa se rapprocha, dépassant à son tour deux voitures à la faveur d'une ligne droite :

— Leçon numéro un de filature : rester à bonne distance. Toujours. Ils n'ont pas l'air particulièrement pressés, alors je ne vais pas leur mettre la puce à l'oreille en leur collant au train de trop près.

— Lisa, je ne veux pas jouer l'oiseau de mauvais augure mais je me demande si nous sommes dans la bonne voiture pour ce qui est de la discrétion…

— Nous sommes dans le Midi, je te le rappelle. Cette voiture est bien plus passe-partout que, au hasard, ta vieille Twingo…

— Ah et bien je vois que ma vie n'a aucun secret pour toi, on dirait ?

— Aucun. On en reparlera plus tard, OK ?

Le silence était cette fois pesant dans l'habitacle. Nous suivions trois individus qui venaient d'enlever le bellâtre et quelque chose me disait qu'ils ne le conduisaient pas à une soirée mondaine… J'imaginai déjà les trois malfrats en train de lui refaire le portrait et la perspective n'était vraiment pas réjouissante. Lisa composa un numéro de téléphone. L'écran de la voiture n'afficha que le numéro. Le suspense fut de courte durée, je reconnus la voix de France à l'autre bout du fil. Lisa lui exposa les derniers développements de l'affaire, comme elle les appelait. Silence de France. Lisa ne quittait pas la route des yeux, tout en jetant régulièrement des coups d'œil à son rétroviseur. Au bout de quelques instants de réflexion, France trancha : *« récupérez les documents. Sans vous faire repérer. Il y a encore une chance qu'ils imaginent que vous agissez pour votre propre compte. »*

Elle raccrocha et Lisa me regarda, contrariée :

— Quelle déception ! Ç'aurait été trop facile d'éliminer les trois pieds nickelés, hein ?

Déception, je n'en étais pas vraiment sûr mais haussai néanmoins les sourcils en guise d'approbation. L'Audi poursuivait son chemin, à un train de sénateur. Soit ils ne se doutaient absolument pas qu'ils étaient suivis, soit ils faisaient preuve d'un calme olympien. Je m'apprêtai à énoncer à voix haute les différentes hypothèses lorsque Lisa grommela :

— Puisque c'est comme ça, je ne vais pas avoir d'autre choix que de dérober ce que nous étions prêts à payer. Sans que ces trois crétins ne s'en aperçoivent, c'est pas gagné. On va voir où ils l'emmènent. Après ça, nous aviserons.

Nous venions de passer Bordighera, direction San Remo. L'Audi bifurqua vers l'autoroute. Nous rentrions dans les terres et la route commençait à sérieusement grimper. Fort heureusement, le trafic y était toujours aussi dense, ce qui nous permettait de demeurer discrets. Lorsque l'échangeur fut en vue, le conducteur de la berline allemande continua tout droit. La route clairsema, le trafic aussi. Lisa s'arrêta sur le bas-côté, telle une touriste cherchant son chemin. Elle commenta :

— Ils vont au-dessus de l'autoroute, là où il n'y a que des pépinières. Un coin bien tranquille… J'ai peur que les heures de Giovanni ne se comptent désormais plus qu'en minutes. Si je les suis à cet endroit-là, on va se faire repérer en deux temps trois mouvements.

Lisa examina les alentours. Son regard s'arrêta sur un vieux hangar, en état de décrépitude avancée. Elle descendit de voiture et traversa la route déserte en direction du bâtiment. Quelques minutes plus tard, l'une des deux grandes portes métalliques s'ouvrit. Lisa bondit à l'intérieur de l'Alfa et, après une manœuvre millimétrée, stationna la voiture à l'intérieur du hangar. Elle récupéra le revolver et sortit sans dire un mot. Je la suivis sans poser de question. Elle se mit à trafiquer un drôle d'engin, un vieux triporteur. Je ne pus m'empêcher de commenter :

— Tu troques ta belle italienne contre ce laideron transalpin ?

— Je suis sûre que tu as toujours rêvé de « piloter » un authentique triporteur ! Ça tombe bien, c'est toi qui conduis.

Elle était sérieuse. À peine l'engin démarré dans une pétarade caractéristique, Lisa me céda la place du conducteur :

— Chauffe, Marcel ! Avec ça, on va se fondre dans le paysage et tâcher d'intervenir en douceur.

— Intervenir ? Je te rappelle que je suis assureur, apprenti « enquêteur », pas le roi de la castagne !

— Calme-toi ! Je ne suis pas complètement farcie non plus ! Tu ne penses pas sérieusement que je vais t'exposer, sans réfléchir, au danger ?

— Justement ! Ce qui me fait peur, c'est que tu y réfléchisses !

— Dis donc, tu te poses là pour rebondir pile sur le seul mot que j'ai prononcé qui pourrait prêter à confusion. Tu es pire… que mon ex, tiens !
Je te garantis que si quelqu'un doit aller au feu, ça ne sera pas toi. Ça va comme ça, il est rassuré, Atlan ?

— Ai-je vraiment le choix ?

— Bon, c'est simple. Soit on va tâcher de récupérer nos foutus documents et Giovanni, s'ils ne l'ont pas encore découpé en morceaux, soit on continue notre scène de ménage mais je te préviens, avec moi, ça finit rarement bien…

De guerre lasse, tout en soupirant pour marquer ma désapprobation, j'enfonçai mon pied sur l'accélérateur du triporteur qui s'ébroua au mieux de ses capacités, soit pas grand-chose. Il n'y avait plus qu'à espérer que nous ne devrions pas fuir à bord de cet engin de mort…

20.

Je « pilotai » tant bien que mal ce triporteur d'un autre âge sur la route escarpée qui dévoilait çà et là serres, pépinières et cultures en escalier. Lisa scrutait chaque restanque méthodiquement. Après une petite dizaine de minutes passées à rouler, elle lança finalement :

— Tiens, sur la droite, l'Audi est là ! Continue jusqu'à la prochaine plantation et rentre dedans te garer. On s'approchera à pied.

Je m'exécutai en silence, tout en me rappelant la promesse de Lisa : ne pas m'exposer au danger.

Nous descendîmes de notre monture, direction l'Audi, en prenant soin de progresser à couvert. Arrivés à mi-chemin, Lisa profita de la discrétion qu'offrait un imposant laurier rose pour préciser son plan :

— OK, David. Voici comment nous allons procéder : tu vas aller fouiller la voiture, on ne sait jamais. De mon côté, je vais m'approcher de la serre située plus loin. Au moindre coup de feu, tu dégages, direction le triporteur et l'Alfa, OK ?

— Euh, une minute… Si j'entends des coups de feu, je m'enfuis, c'est ça ?

— Tu as très bien compris.

Elle me posait un dilemme cornélien. Autant l'idée de ne pas m'exposer au danger était rassurante, autant celle de l'abandonner, même si je savais qu'elle était capable de se défendre, était… perturbante. Je devrais choisir entre ma propre sécurité, mon instinct de conservation, et l'abandon pur et simple de ma partenaire. C'était bien ainsi que je la considérai déjà : une sœur d'armes, même si je n'étais qu'un débutant dans l'histoire. Je sentais s'insinuer en moi un doute. L'idée de devoir vivre avec un tel potentiel poids sur la conscience me semblait insurmontable, bien plus que la perspective de finir haché menu. Je ne me connaissais pas l'étoffe d'un « héros » mais cette vision se faisait de plus en plus forte. Incontournable. Je n'avais vécu ces dernières années qu'en assurant ma « sécurité », financière notamment. Enfin… en évitant de tomber dans la précarité était plus proche de ma réalité. Ce temps me semblait aujourd'hui révolu et la poussée d'adrénaline que je commençais à ressentir n'y était pas étrangère. Je regardai Lisa et approuvai son plan, tout en me disant que je ferai exactement le contraire, le cas échéant.

Lisa se mit en marche, revolver à la main. Elle avançait courbée dans les hautes broussailles qui séparaient les deux plantations. Je la suivais tant bien que mal, m'escrimant à cheminer plié en deux, malgré ma taille. Arrivée à la clôture, Lisa s'arrêta et, d'un geste autoritaire, me désigna la voiture. Difficile à rater puisque c'était l'unique véhicule aux alentours :

— Si la voiture est verrouillée, essaie de voir à travers les vitres et reviens te planquer ici. Si elle est ouverte, fouille en priorité la banquette arrière. Si j'étais Giovanni et que j'avais quelque chose à me reprocher, j'aurais essayé de m'en débarrasser en le planquant dans le véhicule.

— Des papiers ? J'ai comme un doute qu'il y soit parvenu en toute discrétion.

— Il ne portait pas d'enveloppe sur lui lorsque je l'ai vu au parc. Cherche une clé USB, une carte mémoire.

Comment n'y avais-je pas pensé ? J'avais encore du chemin à faire, me dis-je, au moment où nous nous séparions. Lisa continuait à avancer à couvert, dans les hautes herbes, pendant que je fonçai vers la voiture. Arrivé contre celle-ci, je fis une pause, accroupi. Mon cœur battait à cent à l'heure : j'étais partagé entre une trouille immense et une excitation inconnue. Je posai ma main sur la poignée arrière gauche, qui s'ouvrit sans difficulté. Soulagement.

Le siège conducteur était muni d'une pochette à l'usage des passagers arrière. J'y glissai ma main. Rien. J'examinai ensuite le plancher, soulevant le tapis. Toujours rien, pas même le moindre gravillon. Des maniaques de la propreté. Je n'allais pas aller bien loin avec de tels indices. Je glissai finalement ma main entre les sièges et le dossier de la banquette arrière, dans l'espoir d'y trouver une clé USB. Je la visualisai déjà, j'imaginai l'objet, petit, rectangulaire. Il devait être là, forcément. Toujours rien. Du côté gauche en tous cas. Je rentrai un peu plus dans la voiture, afin de poursuivre mon exploration. Arrivée au milieu de la banquette, ma main s'arrêta sur un objet. Convaincu d'avoir trouvé le précieux, je commençai à jubiler. Hélas ! Il ne s'agissait que de l'attache de la ceinture de sécurité centrale. Je cherchai encore. Juste après ce faux espoir, mon cœur s'accéléra encore. Mes doigts rencontrèrent quelque chose ! Je sentis un objet rectangulaire. Je courbai mes doigts, de façon à « hameçonner » ma prise que j'extirpai difficilement tant le cuir de la banquette était épais et proche du dossier. Victoire ! Je venais de trouver une clé USB noire, tout ce qu'il y avait de plus ordinaire. Je levai un peu la tête et jetai un coup d'œil en direction de la serre. Un homme en sortit, s'allumant une cigarette. J'eus un début d'accès de panique tout en ayant néanmoins la présence d'esprit de rabattre la portière, sans la fermer. Elle ne devait pas être visible de ce gorille mais je ne voulais prendre aucun risque. Je me cachai derrière le siège conducteur, démontrant des talents de contorsionniste inconnus et fort à propos. Entre le dossier et l'appui-tête, je voyais cet homme profiter de sa cigarette, regardant autour de lui, plus pour se distraire que par méfiance. Bon Dieu ! Et Lisa ? J'espérais qu'elle était bien cachée, elle aussi. Je tendis l'oreille. Rien de particulier. L'homme me tournait à présent le dos. J'en profitai pour ouvrir la portière et descendre de l'Audi. J'étais à présent à l'abri de sa vue et à l'extérieur du véhicule. Le seul hic : je ne le voyais plus du tout. Il me vint une idée. Je me couchai au sol et tâchai de voir au moins ses pieds. Bingo ! Sauf qu'il était à une distance telle que je ne voyais que ses jambes. Impossible de dire s'il me faisait face ou me tournait le dos. Tout à coup, j'entendis des cris : une dispute ! Des hommes s'invectivaient en italien. Aucune voix féminine – c'était bon signe pour Lisa. Je vis l'homme retourner vers la serre. C'était le moment ou jamais. Je bondis en direction de la clôture et des broussailles qui m'assureraient une position plus en sécurité. J'y étais. Je n'entendais plus rien. Les cris avaient brutalement cessé. Il ne me restait plus qu'à attendre le retour de Lisa. Cinq minutes passèrent.

Interminables. Puis cinq autres. Bon sang ! Qu'est-ce qu'elle pouvait bien faire ? Je me rassurai en n'entendant toujours aucune détonation. Elle n'avait donc pas été repérée. Enfin, je vis une ondulation dans la végétation. Lisa était de retour. Je fermai brièvement les yeux et soupirai de soulagement. J'étais prêt à annoncer la bonne nouvelle à ma partenaire mais en fut dissuadé par son index posé sur sa bouche. D'un mouvement des yeux, elle me fit signe que l'heure de la retraite avait sonné. De retour au triporteur, Lisa m'indiqua :

— Ils étaient en train de le cuisiner. Je n'ai pas entendu grand-chose jusqu'aux éclats de voix que tu as dû entendre, toi aussi. Giovanni leur hurlait qu'il n'avait rien à se reprocher, qu'il était un employé modèle et qu'il espérait que ce cirque touchait enfin à sa fin. Qu'en plus, il était allergique au pollen. Il ne manque ni d'humour ni d'aplomb, ce con. Et toi, tu as quelque chose ?

Je me fendis d'un grand sourire en exhibant, l'air triomphant, ma prise du jour : la clé USB.

— Fantastique, David ! On va examiner ça à la voiture.

21.

Je n'étais pas mécontent de m'extirper de ce triporteur, qui avait tout pour être qualifié « d'engin de mort ». Pas tant pour ses pointes de vitesse soporifiques que pour son agrément plus que discutable. À l'abri dans le hangar, confortablement installé dans l'Alfa qui, pour le coup, s'était transfigurée en monstre de confort, j'observai Lisa s'activer sur une tablette à laquelle elle avait branché la fameuse clé USB. Elle commentait les fichiers au fur et à mesure de leur découverte :

— Tu vas avoir de quoi t'amuser : c'est rempli de bilans… Il y a également toute une tripotée de fichiers, lettres, documents en tous genres et photos. Des têtes qui ne me disent strictement rien. Jusque là, rien d'anormal.

— Il faudrait transmettre tout ça à France, tu ne crois pas ?

— Absolument. Il y en a quand même un bon paquet, ça risque de prendre un peu de temps avec une connexion de téléphone portable. Nous attendrons de nous trouver à proximité d'un réseau wifi public pour acheminer le tout de façon cryptée.

— Et maintenant, que fait-on, Lisa ? De ce que j'ai pu en comprendre, notre mission est accomplie, non ?

— La première phase en tous cas. Il faut que nous examinions de plus près ces éléments. Si je suis bien informée, ils devraient nous propulser à l'étape suivante de nos investigations.

« Nos » investigations. Je ne pouvais m'empêcher de me sentir flatté d'entendre Lisa utiliser ce pronom. Mon enthousiasme se calma d'un seul coup lorsque, à l'extérieur, une voiture passa. Compte tenu du peu d'activité dans le coin, ce ne pouvait être que l'Audi de nos « amis ». Le moment me parut interminable. Je me répétais en boucle : « pourvu qu'elle ne s'arrête pas »… Lisa était aux aguets, elle aussi. D'une phrase, elle me calma :

— Relax, Atlan. Ils ne nous ont pas repérés, sinon nous les aurions déjà eu sur le dos depuis longtemps. Ils ne font que passer.

Je devais bien admettre que cette affirmation était frappée au coin du bon sens. Je notai, encore une fois, le pli qu'avait pris Lisa, de me nommer par mon patronyme, ce qui me renvoyait à mes jeunes années de secondaire où le surveillant général ne s'adressait à moi qu'ainsi. Un petit détail irritant en comparaison de l'expérience hors normes que je venais de vivre. Et je n'étais pas au bout de mes peines : la fameuse « étape suivante » recèlerait sans doute encore des surprises, j'en étais déjà certain même si je n'avais aucune idée de quoi il pourrait bien s'agir. J'entrepris Lisa à ce sujet :

— Je suis étonné que la clé USB contienne autre chose que des chiffres. Était-ce prévu dans ta transaction ?

— Oh, tu sais, avec Giovanni, c'est toujours difficile de savoir si c'est du lard ou du cochon. Il m'avait promis quelque chose « *esplosivo* » mais je t'avoue que je ne me faisais guère d'illusions. Il faut croire qu'il est plus pro qu'il n'en a l'air. Ou alors que je lui ai réellement fait un effet bœuf, ah !

Giovanni… Qu'avaient ils bien pu faire de lui ? J'interrogeai Lisa :

— En parlant du bellâtre, on va l'abandonner à son triste sort ?

— Et puis quoi encore ? On ne va pas monter une opération de sauvetage pour ce gars-là. Je te rappelle qu'il fait partie des méchants, aussi sympathique que soit sa femme…

Lisa m'avait répondu sans lever les yeux de la tablette, occupée à faire défiler les clichés en plein écran, les uns après les autres. Ma question révélait sûrement un réflexe de débutant. Il était vrai que ce gars-là essayait d'acheter des secrets industriels de la compagnie pour laquelle nous étions sous couverture, celle-là même qui nous avait sûrement mandatés…

Lisa reprit :

— En tous cas, soit il est déjà mort, là-haut, soit il est reparti avec ses bourreaux et s'apprête à leur offrir un verre. Tu sais, les Italiens ont le sens du drame. Tu ne les as jamais vus sur un terrain de foot ?

Voilà qui clôturait les questionnements existentiels sur le sort de notre contact. Lisa était toujours absorbée par l'examen des informations obtenues :

— Pour le moment, je me demande bien plus à quoi correspondent ces photos. Il y a bien un homme, celui-ci, aux tempes grisonnantes – je crois que je vais le baptiser « l'élégant » vu qu'il est toujours tiré à quatre épingles. On le voit entrer dans une banque sur cette photo, boire un café avec un autre vieux beau sur une autre et la plus intéressante semble être celle-ci, qui fait très « photo volée par un paparazzi » : serrage de pinces en règle derrière les stores vénitiens. Attends voir… Petit retour en arrière : voilà, tu vois, ce sont les mêmes stores que sur la photo de la banque. La banque est la *« Banco del Veneto e de lago di Garda ».* Au moins, ça nous permet de la localiser. Une banque en Vénétie, à proximité du lac de Garde.

— Certes, mais ça ne nous emmène pas bien loin, ça. Peut-être trouverons nous un lien avec les chiffres, mais quand bien même…

Lisa hocha la tête. Elle ouvrit le premier budget qu'elle trouva et me tendit la tablette :

— Vas-y champion, je suis sûre que tu vas faire des miracles !

La lecture sur la tablette n'était pas la plus aisée qui soit, quand bien même le tableur répondait au doigt et à l'œil. J'observais le plus rapidement possible les chiffres. Je passais en revue les différents postes, cherchant tout ce qui pourrait pointer vers la banque. Rien à première vue. Il s'agissait d'un budget relatif au marché des fondations d'une tour dubaïote. Là encore, rien de transcendant. Les coûts de matériaux auraient pu afficher n'importe quelle valeur, je n'aurais rien trouvé à y redire. Quant au coût de main-d'œuvre, à part observer qu'il était bien plus bas que celui des matériaux, j'étais bien en peine d'en déduire quoi que ce soit. Un clic sur la cellule m'amena à un autre onglet, dans lequel je trouvai plus de détails : une équipe d'encadrement, des ingénieurs, tout était plutôt détaillé et semblait parfait. Il y avait, bien évidemment, le coût des « petites mains », notoirement moins bien payées que leurs supérieurs. Je passai les autres postes en revue de la même façon : à chaque fois, des informations détaillées concernant chaque intitulé étaient disponibles. L'un d'entre eux attira mon attention : « Honoraires divers ». Le genre de poste fourre-tout, qui sert en général à masquer tout et n'importe quoi, du voyage de prospection aux Maldives avec une quelconque maîtresse aux frais liés à des réceptions fastueuses… Rien de tout ça ici. Il était question de frais d'avocat : un certain *Studio legale Marcello Vedovotto*.

J'attrapai mon téléphone et lançait une recherche. Au bout de quelques secondes la page des résultats apparut, photos en tête. Tiens, tiens… Des tempes grisonnantes… « L'élégant » avait un nom : Marcello Vedovotto. Je récupérai au passage l'adresse de son cabinet, situé en plein cœur de Vérone. Je connaissais à peine la France et encore moins l'Italie, si bien que je demandai à Lisa :

— Vérone, ça ne serait pas, par le plus grand des hasards, en Vénétie ?

Elle me répondit, presque moqueuse :

— Ben oui ! En pleine Vénétie, à proximité du… lac de Garde.

Elle fixa l'écran de mon téléphone avant de lancer, épatée :

126

— Tu as trouvé notre oiseau ?

— Oui ! Je n'ai pas beaucoup de mérite. Premier résultat d'images. Il ne doit pas beaucoup se cacher ou alors soigner sa présence sur internet : c'est un avocat d'affaires de Vérone.

— Et tu l'as trouvé dans le budget ?

— Tout à fait. Sous le poste « Honoraires divers ».

— Bon, jusque là, rien de bien transcendant. Il est normal d'avoir recours aux services d'un avocat dans ce genre de soumission…

Je l'interrompis :

— Je n'y connais sûrement pas grand-chose dans le domaine, mais je me demande bien à quel titre un avocat d'affaires interviendrait pour la construction de fondations d'une tour à Dubaï… Un pourcentage sur le béton, une étude de marché ?

J'avais marqué un point. Lisa se mordait la lèvre inférieure, appuyant ainsi mes doutes sur les raisons de la présence de cet avocat dans les dépenses prévues pour le projet.
Je précisai :

— Il a peut-être agi comme intermédiaire, va savoir de quoi, mais c'est une possibilité. Ténue.

— Et bien tu sais quoi, Romeo ? Une visite à Vérone s'impose !

22.

La journée se terminait donc par une virée improvisée à Vérone… Nous tournions le dos au soleil couchant et je ressentais la moiteur caractéristique d'une fin de journée de juin alors que Lisa conduisait, sans rien dire.

J'avais tant de questions à lui poser : comment allions-nous procéder pour approcher ce Vedovotto, que lui demander et surtout, quelle serait la suite des « opérations » ?

— Je gère, Atlan. Profite de la vue, nous ne reprendrons l'autoroute que dans une dizaine de kilomètres.

— Tu n'es pas inquiète, pas de petite appréhension, un léger doute ? Nous risquons de tomber sur une impasse. Ou de ne pas réussir à obtenir des informations de « l'élégant » ?

Lisa éclata de rire :

— Tu es vraiment trop, toi ! Non mais, sérieusement ? Un bonhomme comme ça, je ne lui donne pas dix minutes pour me raconter sa vie. Ce genre de playboy, je connais. Il me mangera dans la main avant d'avoir eu le temps de dire ouf !

Que dire face à une telle assurance ? De ce que j'avais constaté jusqu'à présent, la vantardise ne faisait pas partie de ses défauts.

— OK. Donc tu vas le rouler dans la farine, l'embobiner et obtenir par enchantement des renseignements qui nous mèneront Dieu sait où ?

Elle me gratifia d'un sourire aguicheur, tout en haussant les épaules, avant de répondre, avec une assurance inébranlable : « oui ».

Je n'avais plus grand-chose à ajouter et suivis ses recommandations : admirer le paysage. Nous traversions une petite ville côtière dont les trottoirs commençaient à s'animer, au gré des innombrables terrasses de café qui se remplissaient à vue d'œil. Des gens d'humeur joyeuse, pour qui l'apéro en terrasse tenait du cérémonial quasi religieux. Je pouvais ressentir la douceur de vivre, tout l'opposé du climat parisien dans lequel je baignais habituellement : un seul mot me vint à l'esprit face à ce spectacle : farniente. Malgré mes connaissances plus que limitées de l'italien, je décortiquai ce mot qui, selon moi ne pouvait signifier autre chose que « ne rien faire ». Une occupation dans laquelle les acteurs qui défilaient sous mes yeux étaient des maîtres. À la faveur d'un feu rouge qui s'éternisait, mon regard s'attarda sur un grand gaillard au polo bleu ciel éclatant. Une vraie publicité pour une marque de lessive. Quant à sa compagne, je l'imaginai secouant son épaisse chevelure dans un spot vantant des produits capillaires. « Parce qu'elle le vaut bien »… Sûrement.

Il la dévorait du regard. Son programme de la soirée ne laissait guère de place au moindre doute. On pouvait le comprendre tant il était difficile de détacher son regard de cette fille. Elle était à peine accoudée à son siège, ses longues jambes bronzées croisées comme seules les femmes savent le faire, racontant avec énergie je ne sais quelle anecdote. J'avais le sentiment qu'elle aurait pu raconter n'importe quoi à son amoureux, ça n'aurait guère fait de différence. Elle venait de finir son histoire et sa gestuelle se figea. Trop loin pour entendre quoi que ce soit, je la vis changer de registre, susurrant à son homme ce qui ne pouvait qu'être des mots doux, tout en posant ses deux mains sur les siennes.

Le feu passa au vert et Lisa se remit en route. Je tentai de les suivre du regard à travers le rétroviseur mais n'aperçus bientôt plus que deux minuscules points.

Nous nous retrouvâmes bientôt sur l'autoroute et je n'eus plus le loisir de profiter d'autre chose que des voitures que Lisa doublait avec la régularité d'un métronome. Comme s'il était inconcevable pour elle de rester derrière un quelconque véhicule. C'était bien dans son caractère : fonceuse et imperméable à ce que le commun des mortels appelle le Code de la route, à en juger par l'allure à laquelle elle nous emmenait en direction de Vérone.

Trois heures de route. Deux si elle maintenait le rythme. Alors que mon esprit vagabondait encore autour de ce couple que je venais d'observer, je me résolus à retourner « au travail ». J'attrapai la tablette et rentrai le mot de passe que j'avais vu Lisa taper lorsque nous étions dans le hangar. Elle se contenta d'un clin d'œil entendu, me félicitant ainsi pour mon sens de l'observation.

Je commençai par les photos de Vedovotto. Impossible de contredire Lisa : il avait tout du parfait vieux beau. Le genre à se pavaner en Porsche cabriolet, j'aurais pu le parier, ne me demandez pas pourquoi.

J'étais bien plus en peine de deviner ce que cachait le vocable budgétaire « honoraires divers » le concernant. Je réfléchissais. Quelqu'un d'aussi superficiel, qui laissait traîner des photos de lui partout sur le Net était à coup sûr narcissique. Obnubilé par sa propre personne, sa réussite. Son regard était vif mais je n'y trouvai pas cette lueur de vif-argent qu'on accolait souvent aux génies. Il ne devait pas s'embarrasser de détails administratifs : je l'imaginais volontiers « grand seigneur », ne se souciant guère de la légalité de ses démarches. Voilà qui ne m'apprenait pas grand-chose.

Je me concentrai. Son empreinte sur le web était telle qu'il ne devait pas passer beaucoup de temps derrière son bureau. Le genre à percevoir des commissions pour prêter son nom ou son compte bancaire. Peu importe, du moment que ça rapporte. Je délaissai les photos pour me plonger dans les chiffres. Si Vedovotto agissait comme intermédiaire, c'était sûrement pour des compagnies figurant comme sous-traitants. Je les répertoriai, recopiant chaque nom ainsi que les montants correspondant sur mon téléphone. J'avais beau avoir une mémoire photographique, cette prise de note me sembla indispensable.

Il était pour l'instant impossible de lier l'une ou l'autre de ces compagnies à cet avocat. Peut-être dans les flux de trésorerie ? Un rapide retour à la ligne concernant Vedovotto me confirma le montant que j'avais conservé en mémoire : cinq cent mille euros. Ce n'était pas rien même sur un budget qui se chiffrait en millions…

— Alors, tu trouves quelque chose ?

L'air déconfit je répondis :

— J'aimerais bien. En dehors d'une liste de compagnies susceptibles d'être impliquées dans la transaction liée à l'élégant, je n'ai pas grand-chose. Du reste, cela sous-entendrait que ces honoraires correspondent à un réel travail et ne soient pas tout simplement des commissions fictives. Fausses factures et tout le tralala…

— Je ne suis pas sûre qu'avec ce que nous avons en main actuellement il te soit possible de trouver. D'où l'intérêt d'aller rencontrer notre homme. Vu l'heure à laquelle nous arriverons, nous établirons le contact avec lui demain. Tiens, si tu en profitais pour nous trouver un hôtel romantique à proximité de son cabinet ?

Par la magie d'internet et des sites de recommandations d'hôtels, je nous avais déniché l'endroit parfait pour débarquer sans risquer d'écorner notre couverture. Le nom était évocateur : *pane, vino e amore*[4]. Tout un programme, qui nous conviendrait à merveille. Lisa s'était chargée de téléphoner et avait tenu avec l'accorte propriétaire une discussion enjouée, obtenant au passage une chambre avec vue sur la *piazza di Roma* où le cabinet de Vedovotto était situé. Un repérage rapide sur *Google Street view* me permit de confirmer que la vue de notre chambre serait imprenable sur les lieux, ainsi que le café où l'élégant devait régulièrement tenir salon.

— Lisa, où as-tu appris à parler si bien l'italien ? Ne me réponds pas à l'école, je ne te croirais pas.

— Moi qui allais te dire que c'était avec mon premier amour…

---

[4] Pain, vin et amour.

Interloqué, je m'attendais à de grandes révélations sur ma mystérieuse partenaire. Je déchantai aussitôt qu'elle se mit à éclater de rire :

— Mais non, patate. Enfin oui, un peu, mais ça, c'est un détail. Figure-toi que j'ai vécu cinq ans à Rome.

— Études ?

— En partie. Travail également. C'est là que j'ai commencé à faire ce que je fais actuellement.

Je la sentais encline aux confidences. Curieux, j'enchainai :

— C'était avant ou après que Zita et Serge deviennent ta deuxième famille ?

— Oh après, bien après. Ils t'ont plu, pas vrai ?

— Oui. Ils m'ont replongé dans une période heureuse de ma vie…

L'air sérieux, Lisa reprit la parole avant que je ne puisse ajouter un seul autre mot :

— Je sais.

Nos regards se croisèrent. Une petite seconde de plus que dans un échange habituel. Il ne me vint plus qu'un mot à l'esprit :

— Merci.

Elle acquiesça, prenant acte de cette marque de gratitude et ne dit plus un mot jusqu'à ce que nous arrivions à Vérone.

Lisa négocia avec la propriétaire de l'hôtel un « léger encas » lorsque nous arrivâmes à l'hôtel. Je n'avais pas tout saisi de la conversation, reconnaissant néanmoins une partie du nom de l'établissement : *pane e vino*… De la suite de la conversation et des éclats de rire des deux femmes, j'en déduisis que pour l'*amore*, Lisa avait dû indiquer qu'il n'y avait aucun souci à se faire. C'est en tous cas ce que j'aurais dit à sa place. Nous n'eûmes que le temps de vérifier que la vue était conforme à nos attentes avant que la propriétaire n'arrive, un énorme panier de victuailles dans les mains. Elle avait préparé un étalage de charcuterie dont le seul fumet mettait l'eau à la bouche, accompagné d'anchois frais et de ramequins contenant un assortiment d'*antipasti*, aubergines, courgettes et poivrons grillés en tête. Stella, c'était le nom de la patronne, nous suggéra de profiter de la douceur de la soirée en dégustant le tout sur la terrasse. Difficile de résister à l'appel de l'air frais, après plusieurs heures de route.

Je débouchai la bouteille de Santa Catalina et servit un verre à Lisa qui, dès que mon verre fut rempli, leva le sien :

— L'Chaim[5] !

Par réflexe, je répondis la même chose. Des années que je n'avais plus prononcé ces mots pour porter un toast. Ni porté de toast, du reste…

---

[5] Toast « à la vie » en hébreu

— N'oublie pas qui était ma deuxième famille, hein. Ça laisse des traces, même si, confidences pour confidences, je ne suis pas née juive. Mais bon, nous sommes cousins, on ne va pas chipoter, hein.

— Tu as raison. C'est bien pour ça que certains cousins se détestent autant. Quant à moi, je suis un renégat… J'ai épousé une goy…

— Dont tu as divorcé. Elle n'était pas ton meilleur choix mais ça, tu le sais déjà.

Je commençais à trouver que Lisa détenait bien des informations sur moi. Beaucoup plus que je n'en savais sur elle. J'en étais presque… irrité. Dans mon « ancienne vie », j'aurais laissé couler mais plus aujourd'hui :

— Écoute, je t'avoue que je suis mal à l'aise face à tous ces sous-entendus concernant ma vie. Je pense avoir saisi le message. Tu sais tout de moi, France aussi, sûrement. Est-ce que tu penses que ça serait possible de ne pas me le rappeler continuellement ?

Lisa posa son verre et me fixa, l'air presque mauvais. Je commençais à me demander si j'avais bien fait de l'ouvrir ainsi. Elle finit par lâcher :

— Tu as raison. C'était intrusif et stupide de ma part. Profites-en, je ne m'excuse pas souvent. Disons que je voulais juste te montrer que je me souciais de toi, que tu n'étais pas que le nouveau partenaire confiné à son rôle de nouille sous couverture.

— Oh mais ça, je n'en doute pas. Tu m'as fait partager un moment rare : la dafina de Zita. C'est malin, maintenant, c'est moi qui me sens con d'être parti au quart de tour…

— N'en parlons plus. La seule chose que je dirai encore à ton sujet, c'est que t'es un mec bien, Atlan. Ton pire ennemi aussi. Mais je crois qu'on te sauvera.

Je sentais qu'il n'y avait rien de plus à dire et entrepris sans plus attendre de me jeter sur le jambon de parme.

23.

— Maaaarceeeellooo !

Lisa avait mis les petits plats dans les grands en apostrophant l'avocat depuis l'autre bout de la *piazza di Roma*. On aurait dit Sofia Loren apostrophant Mastroianni à leur grande époque…

Comme elle l'avait prévu, il prenait son café à la terrasse voisine de son cabinet. Il parcourait d'un œil le *Corriere della Sera* en prenant soin de conserver l'autre à l'affût de tout ce qui portait jupon et passait dans son champ de vision.

J'observais la scène, confortablement installé sur la terrasse de notre chambre d'hôtel : il s'agissait d'une opération de charme dans laquelle ma présence était naturellement exclue.

Tel un furet aux aguets, Vedovotto leva le nez et chercha du regard celle qui l'apostrophait ainsi. Jouant son rôle à merveille, Lisa agita énergiquement le bras tout en pressant le pas. L'élégant ne pouvait qu'être particulièrement galant et se leva donc lorsqu'elle arriva à sa table. J'étais trop loin pour le voir mais j'aurais juré que son sourire s'intensifiait au fur et à mesure qu'elle s'approchait de lui. N'importe quel homme normalement constitué en aurait fait autant, me disais-je. Après tout, une jolie jeune femme qui vous interpelle, avec une voix aussi joyeuse que remplie de promesses, qui pourrait y résister ?

À peine Lisa était-elle assise qu'il s'empressa de claquer des doigts pour attirer l'attention du serveur. Je remuai la tête en signe de désapprobation : je détestais par-dessus tout ce genre d'énergumène qui se croit tout permis et traite le personnel comme des moins que rien. Un simple claquement de doigts, qui en disait très long sur le bonhomme. Lisa l'avait noté, j'en étais certain. Elle jouait en tous cas magnifiquement son rôle, se dandinant et minaudant sur sa chaise. J'essayais d'imaginer leur conversation. Elle lui ferait juste ce qu'il fallait de rentre-dedans, s'offusquerait gentiment qu'il ne la reconnaisse pas s'il montrait le moindre signe d'hésitation. Lisa aurait de toute façon pu lui raconter n'importe quoi, il ne la contredirait jamais, s'estimant, au mieux, victime d'une heureuse coïncidence.

Elle était passée à l'action, posant sa main sur la sienne. Les choses devenaient sérieuses. Au bout de quelques minutes de ce régime, Lisa se leva et quitta notre homme, non sans avoir ostensiblement marqué un temps d'arrêt avant de faire demi-tour et de retourner vers l'hôtel. Vedovotto la dévorait littéralement du regard. Elle le savait et, dès qu'elle fut assez proche de moi, me balança un clin d'œil appuyé. Je ne savais toujours pas ce qu'elle avait bien pu lui dire, mais elle était satisfaite de la rencontre.

J'en profitai pour retourner dans la chambre. Autant éviter de me faire repérer par Marcello. Au bout d'un instant qui me parut une éternité, Lisa ouvrit enfin la porte et me lança :

— Mission accomplie !

— Quoi ? En seulement quelques minutes, tu as eu le fin mot de l'histoire ?

— Je suis douée, mais pas à ce point ! Non, je lui ai fixé un rendez-vous galant, dans une demi-heure, ici même.

— Galant comme… galant ?

— Qu'est-ce que tu crois ? On n'attrape pas les mouches avec du vinaigre, pas vrai ?

Il va venir ici, tout excité, imaginant, bien avant de monter l'escalier qui mène à la chambre, ses mains courir sur moi et dégrafant ma robe… Tu vois le topo ?

— Très bien. Très très bien même. Ce que j'ai du mal à comprendre c'est comment tu vas ensuite le faire parler. Est-ce que je dois m'absenter, le temps que vous… fassiez votre affaire ?

— Tu es drôle, Atlan. Bien sûr que non andouille, tu n'iras nulle part ! Bon, juste dans la salle de bains, le temps que je mette l'avocat en condition. Tu n'auras qu'à me rejoindre quand je t'appellerai.

— Euh, j'ai comme une légère appréhension, là…

— Ne t'en fais pas, et puis je t'ai déjà vu en maillot de bain et en caleçon, pas vrai ?

Lisa s'amusait comme une petite folle à jouer avec mes nerfs. Elle ne pouvait ignorer, vu mon malaise, que je m'imaginais déjà comme le troisième d'un triangle amoureux. Cette perspective déclencha son hilarité :

— Pas de panique, je ne vais pas te forcer à payer de ta personne !

Je n'étais qu'à moitié rassuré. Je repris :

— Donc, je poireaute dans la salle de bains le temps que tu « mettes en condition » notre homme et je débarque quand tu m'appelles, c'est bien ça ? Et je fais quoi ?

— Tu n'auras qu'à jouer la brute pas commode, prête à bondir lui administrer une méchante correction. Tu sauras faire ça ?

— C'est plus ton registre mais je n'aurai qu'à t'imaginer en train de corriger les trois crétins de la station-service, ça me donnera des idées.

— Et, quoi qu'il arrive, n'aie surtout pas l'air étonné, nous sommes bien d'accord ?

— Reçu, chef !

— Bon, ramasse tes affaires, il ne faut pas que Marcellooo se doute d'une présence masculine dans la chambre, ça casserait l'effet de surprise.

— OK, je comprends, l'amant va aller s'installer dans le placard, avec toutes ses affaires.

En quelques minutes, j'avais fait le « ménage » et me tenais dans la salle de bains. Une situation comme ça, je ne l'avais pas prévue, je devais bien l'avouer. J'eus à peine le temps de m'asseoir sur le banc situé sous la fenêtre de la salle d'eau que j'entendis toquer. Trois coups secs.

Dressant l'oreille, j'entendis Lisa l'accueillir d'une voix joyeuse, puis des bribes de conversation en italien. Je n'y comprenais toujours pas un traître mot mais le ton langoureux de ma partenaire était suffisamment éloquent. Mais que diable pouvait-elle faire et comment allait-elle s'y prendre ? Je n'osais l'imaginer en train de fricoter avec le playboy… Et pourtant. Je n'entendais plus rien. Ils devaient s'embrasser, c'était obligé ! J'essayais d'analyser ce que je ressentais. Ce n'était pas de la jalousie. Enfin, peut-être un tout petit peu, tant je gardais un souvenir ému du baiser langoureux que nous avions échangé à Monaco, même si je savais très bien qu'il l'avait été « pour la bonne cause » et que, de toute façon, il ne se passerait rien de plus. J'étais surtout… inquiet. Pour elle mais surtout pour moi. Quel rôle allais-je bien devoir jouer dans cette mise en scène ? Pour la première fois, je devrai dévoiler à un étranger ma nouvelle « identité », celle d'un… ? Enquêteur ? Je ne savais plus très bien. Lisa m'avait indiqué que je devrais jouer le rôle d'une brute. Bon, donc je serai enquêteur sous couverture jouant le rôle d'une brute…

Je n'eus guère plus de temps pour m'appesantir sur mes états d'âme. J'entendis, à travers la porte le devoir m'appeler soudain :

— Léon, ramène ta fraise !

Léon ? Sérieusement ? Alors que je traversais la salle de bains, je croisai mon regard dans le miroir. Est-ce que j'avais une tête à m'appeler Léon ? Il ne me manquait plus que ça… Je marquai un temps d'arrêt, les mains posées sur le lavabo et respirai profondément. Léon. La brute épaisse, comme dans le film de Besson. C'était moi. Maintenant. La boule que je ressentais dans l'estomac s'atténua et d'un pas décidé, j'ouvris la porte, le regard glacial.

Lisa ne me facilitait pas l'apprentissage de mon rôle de composition : elle se tenait debout, un couteau à la main, à côté du lit sur lequel Marcello était… attaché. Elle avait déchiré les draps pour confectionner les liens de sa victime alors consentante. L'élégant se demandait dans quel guêpier il s'était fourré, son regard paniqué allait et venait de Lisa à moi. Sa chemise avait été déchirée, laissant apparaître un torse à la toison grisonnante. J'imaginai Lisa en train de faire sauter les boutons et de chauffer à blanc l'avocat qui devait alors croire à sa bonne étoile qui l'avait mené là… J'aurais presque eu envie d'éclater de rire, mais il fallait s'en tenir au « script ». Lisa me dévisagea ; elle était méconnaissable. Elle me tendit le couteau, que j'aurais volontiers qualifié de canif si sa lame n'avait pas été aussi grande : un couteau de chasse, avec une encoche pour dépecer le gibier. Lorsque je l'eus en main, Lisa me lança :

— Il est prêt. Tu vas pouvoir le faire parler.

L'avocat comprenait visiblement le français et répondit, avec un fort accent :

— Prêt ? Moi j'étais prêt à m'amuser avec toi, qu'est-ce qui se passe ici ? Et c'est qui, lui ?

— Lui, c'est Léon. Et Léon, avec un couteau, c'est un virtuose. Il est capable d'énucléer un homme en quelques secondes. Propre, efficace.

Il peut aussi couper des doigts, mais dans ces cas-là, il doit s'y reprendre à plusieurs fois, tu comprends, il faut trancher les phalanges, et des fois, ça résiste…

Léon aime bien tatouer aussi. Mais ce qui l'amuse le plus, c'est de s'occuper des services trois-pièces, tu sais, le machin qui frétillait tantôt ?

Après de telles menaces, je regardai le couteau dans ma main d'un autre œil… Je n'avais plus du tout envie de rire, ça, c'était certain.

Marcello ouvrit grand la bouche, prêt à hurler. D'un geste vif et contrôlé, Lisa posa sa main sur sa bouche, lui intimant, sur un ton maternel :

— Chuuut… Léon déteste le bruit. Ça l'énerve et il devient… irritable. Tu ne voudrais pas qu'il s'énerve, n'est-ce pas ?

Marcello acquiesça en hochant la tête. Il ne comprenait toujours pas ce qui lui arrivait et demanda, d'une voix mal assurée :

— Mais enfin ? Qu'est-ce que vous me voulez, tous les deux ? Je ne vous ai rien fait, je ne vous connais pas !

— Ah ! Pourtant, tout à l'heure, au café, tu semblais me reconnaître, non ?

— Quand une belle femme vient me parler et me proposer un petit déjeuner spécial, je ne vais pas faire la fine bouche, c'est humain !

— Si tu ne dis pas ce que nous voulons savoir, crois-moi que tu n'auras plus aucun intérêt dans ces propositions à l'avenir… Enfin… l'intérêt, tu l'auras peut-être encore mais les moyens de les assouvir, ça sera tintin pour toi, Marceeeellooo…

Il ne disait plus rien, imaginant sans doute à quoi ressemblerait sa vie sans ses précieux attributs.

Lisa profita de ce moment d'hésitation pour entrer dans le vif du sujet :

— Parle-nous de ton demi-million de commissions qu'Asturi holding a inscrit dans son budget pour la construction d'une tour à Dubaï. Parce que je trouve que Vérone, c'est un peu loin des Émirats arabes unis.

— Quoi ? Quelle commission ?

— Tsss tsss tsss, Marcello. Tu veux vraiment faire l'imbécile alors que Léon n'a plus opéré personne depuis trois semaines ?

— Je ne fais pas l'imbécile, je ne comprends pas de quoi vous parlez !

Lisa sortit sa tablette qu'elle mit sous le nez de l'élégant, exhibant le budget :

— Et ça, c'est quoi ? Studio legale Marcello Vedovotto, c'est pas toi peut-être ? Tiens et là, c'est pas ta bobine, à la *« Banco del Veneto e de lago di Garda »* ?

— Si, c'est moi. Mais… Ahhh ! Ça y est, j'y suis ! Je ne fais rien de plus que jouer l'intermédiaire dans cette histoire. C'est pour ça que je ne me souvenais pas…

— Tiens donc. Cinq cent mille euros et monsieur ne se souvient pas. Tu nous prends vraiment pour des cons, toi. Léon !

Habité par mon rôle, je m'avançai vers le lit, fixant avec insistance l'entrejambe de l'avocat.

Il commença à se débattre et à tirer sur ses liens, faisant trembler le lit au passage mais il ne semblait toujours pas décidé à cracher le morceau. Sa crainte était encore mêlée d'incrédulité. À ce rythme-là, il pourrait nous mener en bateau encore longtemps. J'échangeai un regard avec Lisa qui, profitant du fait que Marcello fixait la lame, m'intima de passer à l'action. Personne ne m'avait dit que je devrais jouer du couteau et j'étais bien mal à l'aise, tout en essayant de conserver la contenance que « Léon » se devait d'avoir. Sans plus réfléchir, je m'avançai encore un peu et entreprit de dégrafer le pantalon de l'avocat, qui commençait à se dandiner comme un diable. Je posai mon index sur mes lèvres tout en appuyant la lame en dessous de son nombril. Je m'imaginai en chirurgien prêt à inciser. Il fallait lui faire peur. Ça commençait à fonctionner : sous la pression de la lame, il s'immobilisa. En appuyant juste assez pour l'égratigner, je commençais à descendre, centimètre par centimètre, vers son pubis. La perspective de la proximité de la lame avec son précieux engin rendit finalement l'avocat très bavard :

— Ok, OK ! Je vais tout vous expliquer ! Je n'ai jamais voulu vous prendre pour des cons, moi ! Dans cette histoire, je ne fais que passer les plats ! Cet argent, il n'est pas pour moi, c'est pour ça que je ne comprenais pas !

— S'il n'est pas pour toi, il est pour qui alors ?

146

— Je ne sais pas. Enfin, je ne connais pas la compagnie. C'est une entreprise de construction située en Sicile. Tout ce que j'ai à faire, c'est recevoir l'argent sur mon compte, le retirer, moins mes honoraires et le remettre à des hommes, quand on me le dit.

— Dis donc, je ne sais pas ce qu'en penserait le conseil de l'ordre mais ça ne m'a pas l'air très légal tout ça, « maître » Vedovotto…

— Vous n'êtes pas du conseil de l'ordre, hein ? Ce ne sont pas leurs méthodes.

— Non, mais on va peut-être leur parler de toi et, qui sait, leur proposer nos services pour tous tes autres confrères véreux…

On va y réfléchir.

En attendant, tu ne nous as pas dit comment s'appelait cette fameuse société sicilienne.

— Amaro. C'est une compagnie installée à Syracuse. Je n'en sais pas plus. Et les hommes à qui je donne les valises, je ne les connais pas, je le jure !

— Tu n'es vraiment pas très méfiant, toi. Et ça a commencé comment tes magouilles ?

— Un vieil ami à moi m'a proposé de jouer l'intermédiaire. J'étais au bord de la faillite, alors de l'argent facile, cinq pour cent des montants qui transitent, je n'allais pas cracher dessus.

— Il a un nom cet ami ?

— C'est le cousin d'un ami d'université. Il s'appelle Giovanni Casaviecchi.

Voilà un nom qui nous disait quelque chose. Les connexions étaient en train de se faire dans ce dossier. Giovanni œuvrait pour Asturi holding et avait donc sollicité une connaissance pour jouer l'intermédiaire. Et cet argent n'était pas destiné à l'avocat mais à rémunérer des transactions invisibles ainsi camouflées.

Lisa s'approcha de Marcello et passa sa main sur son front :

— Et bien tu vois, quand tu veux… Bien entendu, cette conversation n'a jamais eu lieu.

Inquiet, l'avocat approuva :

—… Bien entendu…

Il n'eut pas le temps d'en dire plus, Lisa lui asséna un violent coup de poing sur la tempe qui lui fit perdre connaissance.

— Il va dormir pendant quelques heures et se réveiller avec un mal de crâne magistral. Nous serons déjà loin. On s'en va à Syracuse !

24.

Nous quittâmes précipitamment *Pane, vino e amore*. Hors de question de s'éterniser avec cinquante nuances de Marcello qui risquait de se réveiller à tout moment. À peine installé dans le bolide de Lisa, j'imaginais déjà la perspective de la traversée de l'Italie, du nord au sud. Un périple de près de mille quatre cents kilomètres, qu'elle avalerait en moins de temps qu'il n'en fallait pour le dire. J'en serais sans doute quitte pour quelques cheveux blancs supplémentaires… À ma grande surprise, lorsque nous empruntâmes l'autoroute, Lisa bifurqua en direction de l'aéroport :

— Navrée de te décevoir mais je pense qu'un petit voyage en avion sera plus productif que de rejouer Week-end à Rome tous les deux…

— Ah, je suis moins ringard que tu ne penses : je connais la chanson !
Je t'avoue que je ne suis pas mécontent à la perspective de prendre l'avion…

— Il me connaît à peine et il adore déjà ma conduite ! Atlan, tu n'as pas ton pareil pour les compliments, on te l'a déjà dit ?

J'aurais bien répondu que c'était la spécialité de Stéph', mon ex-femme mais je n'avais pas envie, par cette belle fin de matinée sous le soleil d'Italie, d'évoquer de mauvais souvenirs. Je me contentai du rictus de celui à qui on ne la fait pas, sans me montrer convaincant compte tenu de l'hilarité que j'avais déclenchée chez Lisa.

Nous étions en vue de l'aéroport. Lisa se dirigea vers les parkings souterrains de longue durée, afin de nous assurer de la plus grande discrétion selon ses propres termes. Je crevais d'envie de lui répondre qu'elle ne conduisait pas exactement la voiture la plus discrète qui soit. Je m'abstins, me contentant de noter qu'au moins, ce stratagème aurait le mérite de nous garder en forme tant la distance pour rejoindre l'aérogare s'allongeait à vue d'œil.

— N'exagère pas ! Il s'agit d'un aéroport de province. À Orly, là je ne t'aurais pas contredit mais là, en dix minutes nous y serons.

Elle avait raison. En moins de temps qu'il n'en fallait pour le dire nous étions au comptoir, Lisa s'occupant d'acheter les billets du jeune couple en escapade romantique que nous étions redevenus. Elle plaisantait avec la préposée et je ne saisissais toujours pas un traitre mot de la conversation, me contentant d'arborer un air béat. Derrière ce masque, je réfléchissais. Quelques instants auparavant, Lisa était prête à faire parler l'avocat et s'était montrée redoutable à cet exercice auquel j'avais prêté, malgré moi, mon concours. Que se serait-il passé si Marcello avait été plus coriace ? Aurais-je dû aller plus loin ? Sans aucun doute, à moins de risquer de ruiner la mise en scène. Aurais-je pu le faire ? Je préférais ne pas trop y réfléchir : une petite partie de moi me confirmait que j'aurais pu en être capable. C'était sans doute ce constat qui me faisait le plus peur. Tout ça pour une femme que je connaissais à peine et un employeur tout aussi mystérieux.

Ça faisait d'ailleurs un petit moment que nous n'avions plus eu de nouvelles de France. À moins que Lisa ne la mette au courant en dehors de ma présence. Finalement, je ne savais que très peu de choses sur ces deux femmes et leur commanditaire demeurait tout aussi mystérieux. J'avais pris pour acquis qu'ABBH, notre « simili » employeur était au courant de la mission et en avait déduit que cette société était notre commanditaire. Ça tenait debout puisque nous enquêtions sur leur principal concurrent. Lisa était toujours passionnément plongée dans sa conversation. Le prochain avion pour Catane, aéroport le plus proche de Syracuse, n'était prévu que d'ici une heure et demie. Pourvu qu'elle ne passe pas tout ce temps au comptoir…

Par chance, d'autres clients arrivèrent, ce qui contraignit l'employée à écourter – à regret – ces bavardages.

Après avoir traversé la sécurité sans encombre, nous prîmes place dans la salle d'attente, à proximité de notre porte d'embarquement. Il ne restait plus qu'à attendre. Lisa en profita pour m'expliquer sa façon de voir les choses :

— En Sicile, ils risquent d'être un peu plus coriaces que Marcello. Je ne pense pas que le même stratagème fonctionnera. Nous devrons « innover ». La société Amaro s'occupe de construction, nous irons donc les voir avec un projet immobilier. Le couple amoureux qui veut se faire construire son petit nid d'amour en Sicile. Ça nous permettra de mesurer à qui nous avons affaire.

— Un nid d'amour en Sicile ? En Toscane, j'aurais compris, mais en Sicile… Tu ne penses pas que ça risque d'être un peu gros ?

— Plus c'est gros, plus ça passe. Et je forcerai le trait sur mon fiancé qui ne comprend rien à l'italien pour leur expliquer que tu as beaucoup d'argent à dépenser, clin d'œil à l'appui. Nous ferons sans doute avant une enquête sur place. Tiens, ça me fait penser…

Lisa sortit sa tablette et commença à naviguer sur le net, à la recherche de renseignements sur la société Amaro. La pêche ne fut guère miraculeuse. Aucune information pertinente ne sauta à nos yeux. Lisa lança plusieurs recherches en variant ses mots-clés. La seule conclusion était que le patronyme Amaro s'avérait fréquent en Sicile. Je proposai une idée :

— Si la commission est fictive, la société destinataire pourrait l'être aussi…

— C'est une possibilité. Bien que cela serait trop facile à découvrir si une vérification avait lieu. Ce genre de ficelle n'est pas digne d'une grande société, bien établie comme Asturi holding.

— Dans ce cas, nous allons devoir fouiller sur le terrain, comme tu le suggères. Tiens, à propos, tu as informé France de nos dernières découvertes ?

Lisa leva le nez de sa tablette et me dévisagea :

— Pourquoi est-ce que tu me demandes ça ?

— Simple curiosité. Après tout, c'est elle la patronne, non ?

— Au cas où tu ne t'en serais pas encore rendu compte, curiosité et France ne font pas bon ménage. Je commence à te connaître assez pour savoir que cette question n'est sûrement pas anodine.

Le silence circonstancié qui suivit cette affirmation ne faisait que conforter Lisa dans son impression. Je m'empressai de poursuivre :

— Ça ne me semble pas totalement farfelu de se demander pour qui je bosse, il me semble ?

— Dans une compagnie d'assurances, sans doute. Dans le cas présent, tu serais mieux inspiré de t'accommoder de cette part de mystère. Je te l'ai déjà dit.

La menace était à peine voilée, le message clair. Je sentais que je venais de dire une chose que je n'aurais pas dû. Lisa était tout à coup devenue vindicative, méfiante. J'entrepris de la rassurer :

— Ce dont je suis sûr, c'est qu'une compagnie d'assurances ne m'aurait pas fait voyager en Sicile sans me faire remplir une dizaine de formulaires de demandes d'autorisation de déplacement. Le mystère a ceci de bon : il permet d'économiser de la paperasse !

— Je te crois sur parole, Atlan !

Ça semblait fonctionner mais je ne pouvais m'empêcher de penser qu'elle avait enregistré que je posais un peu trop de questions sur notre employeur. Je ferai attention à l'avenir de n'en rien laisser paraître.

Lisa finit néanmoins par répondre à ma question :

— Tu peux également appeler France toi-même, tu sais. En ce qui me concerne, pour le moment, nous n'avons pas encore assez d'informations concrètes pour qu'elle puisse les exploiter. Par ailleurs, je n'ai jamais été le genre de fille à faire mon rapport quotidien. Tu vois, si j'étais un chat, je serais la minette qui disparaît pendant trois jours pour ne revenir qu'avec un oiseau entre les dents.

— La métaphore parle d'elle-même.

Lisa se fendit d'un sourire carnassier avant de se replonger dans ses recherches. Je quittai la tablette des yeux pour scruter la salle d'embarquement. Cette chape de mystère entourant France m'avait rappelé que non seulement mon employeur était nébuleux, mais aussi que nous venions de séquestrer un homme... S'il s'était déjà réveillé, il aurait parfaitement pu appeler la police. J'analysais les probabilités de la chose. Elles semblaient tout de même minces car il aurait sans doute dû en dire plus sur les raisons de son enlèvement et parler de sa commission. Ce qui m'amena à envisager qu'il pourrait aussi s'empresser de tout raconter à ses commanditaires. Je revoyais, l'espace d'un instant, les gorilles qui avaient enlevé Giovanni. La perspective de répondre aux questions des carabiniers était finalement plus rassurante !

Je me rassurai tout de même après avoir observé notre environnement immédiat. Il n'y avait aucune activité sortant de l'ordinaire. Quelques familles et une majorité de gens voyageant seuls. Nous étions en semaine, la période des vacances d'été n'était pas encore entamée. La chose était donc normale. La présence policière était limitée, ce qui cadrait avec la taille de l'aéroport.

Cette préoccupation n'aurait bientôt plus lieu d'être : l'écran situé sous notre porte d'embarquement affichait à présent un message en italien et en anglais, invitant les voyageurs à se préparer à l'embarquement.

.

25.

Je devais bien avouer que je n'étais pas un grand habitué des voyages en avion. Je tentai, tant bien que mal, de cacher mon côté novice en la matière mais Lisa n'était pas dupe. Je savais qu'il était inutile d'essayer de lui dissimuler quoi que ce soit me concernant. C'était plutôt vis-à-vis du personnel de bord que je tâchais de donner le change, mimant le comportement des passagers qui nous précédaient.

Une certitude s'imposa vite à moi : le voyage en 747, ça ne serait pas pour aujourd'hui… Après que nous eûmes passé l'ultime point de contrôle, le couloir d'embarquement nous mena à l'extérieur, sur le tarmac. Un avion à hélices, qui me parut ridiculement petit nous attendait sagement. Lisa précisa :

— Chic, un ATR-42 ! Tu vas voir, ces coucous sont peut-être vieux mais offrent un avantage indéniable sur les gros porteurs : ils volent à basse altitude, ce qui te permettra de profiter du paysage et devrait te rassurer…

— Me rassurer ? J'ai donc l'air si inquiet que ça ?

Lisa me sourit avec une tendresse qui tranchait par rapport à notre discussion dans l'aérogare. Elle joignit le geste à la parole, posant sa main sur mon épaule, qu'elle tapota à plusieurs reprises. Le message, bien que silencieux, était clair : *« ça va bien se passer »*.

Je pénétrai dans l'appareil en me contorsionnant. Une hôtesse se tenait dans l'entrée, indiquant la voie à suivre.

Je m'interrogeai sur la nécessité du procédé, tant il était flagrant qu'il n'y avait qu'un seul et unique chemin dans ce minuscule avion. Je la gratifiai d'un sourire poli et la dévisageai quelques secondes, m'arrêtant sur son calot, qui me semblait anachronique. Il contribuait, avec l'uniforme impeccable de la jeune femme, à créer un décorum digne de la Pan Am des années cinquante. Je n'eus pas très loin à aller, nous occupions les premiers sièges, à gauche de l'appareil. Enfin, techniquement, il y avait une rangée devant la nôtre, sauf qu'elle nous faisait face, comme dans un train. J'avais beau ne pas être coutumier de l'avion, la chose me semblait curieuse. Lisa, qui s'était attardée quelques instants auprès de l'hôtesse, m'indiqua :

— Tu as de la chance qu'on ne nous ait pas attribué ces sièges inversés, même si je trouve que les sensations offertes au décollage sont uniques !

— Il faudra que tu me rappelles de ne jamais t'accompagner dans un parc d'attractions ; j'ai comme l'impression que mon cœur ne tiendrait pas le choc…

— C'est bien possible, Atlan ! Dis donc, sans transition, je me doute de ce que tu en penses, mais quant à moi, je la trouve vraiment craquante, notre petite hôtesse… Presque autant que la fille qui s'occupait des billets…

— Ah, ça, j'ai bien vu qu'elle t'avait tapé dans l'œil ! En tous cas, tu ne perds jamais le nord, Lisa.

— La vie est trop courte pour perdre son temps ; il faut saisir chaque occasion. Bon, celles-ci resteront du domaine du fantasme, puisque je voyage avec mon « fiancé » mais, tu sais quoi ? Le plaisir d'avoir cette jolie fille face à nous est déjà plus que suffisant à mes yeux. Je me délecte déjà de sa présentation de la procédure d'urgence et de l'enfilage des gilets de sauvetage.

— Tu n'es pas compliquée à contenter, c'est déjà ça.

— Oh, ne fais pas la fine bouche, je t'ai bien vu la mater, toi aussi…

— Ça doit être un des effets secondaires de ma nouvelle vie, je commence à me réveiller à la vie…

L'embarquement des passagers était à présent terminé et l'hôtesse venait de verrouiller la porte de l'appareil dont les moteurs commençaient à s'ébrouer bruyamment. Nous eûmes droit à la présentation en règle des mesures de sécurité. Bien que l'hôtesse semblait très jeune, ses gestes donnaient l'impression d'avoir été déjà mille fois répétés. Je ne pus m'empêcher de sourire en la voyant enfiler le gilet de sauvetage jaune, mimant son gonflage en faisant semblant de tirer sur une poignée rouge. Nos regards se croisèrent et, pour je ne sais quelle raison, mon rictus déclencha chez l'hôtesse un aimable sourire en retour qui, face à mon air concentré sur sa démonstration, se transforma un fou-rire, qui devint vite incontrôlable. Lisa me regardait, interloquée :

— Bon, je peux oublier l'hôtesse… Si quelqu'un a un ticket avec elle, c'est bien toi !

— Mais je n'ai rien fait, rien du tout et je te ferai remarquer qu'elle rigole, ce n'est pas toujours bon signe, hein…

— Je te dis que oui ! Tu sais ce qu'on dit : femme qui rit… En tous cas, ça fonctionne !

L'hôtesse parvint finalement à se contenir ; elle avait en tous cas semé l'hilarité à bord et, pour ma part, j'oubliai le stress que me causait ce voyage en avion. Elle vint s'asseoir pile en face de moi lors du décollage, dans l'une de ces places inversées et commença à discuter avec Lisa. Je progressai en italien puisque je commençais à saisir des bribes de la conversation, principalement les noms propres. Elles discutaient de Sicile, d'où la jeune femme était originaire. Agrigento, si j'avais bien compris. Les superlatifs fusaient : l'hôtesse était visiblement très fière de sa ville natale.

Lisa mentionna Syracuse, ce qui déclencha une nouvelle salve de qualificatifs élogieux chez la jeune femme, dont je pus saisir au passage le prénom : Giada. Il avait en tous cas le mérite d'être original.

Lorsque l'appareil eut fini son ascension et commença à se stabiliser, Giada nous quitta afin de s'occuper du service des boissons. J'eus droit à un clin d'œil appuyé lorsqu'elle me remit un verre de *San Pellegrino*. Lisa commenta :

— J'ai été gentille, je lui ai mentionné que j'étais ta sœur !

— Madame est trop bonne !

Soyons sérieux deux secondes : il ne se passera strictement rien avec cette demoiselle, nous le savons fort bien. Qu'elle demeure une éventualité, une parenthèse improbable, c'est bien mieux comme ça.

Tu comptes aussi modifier notre couverture à Syracuse ou je conserve le rôle de potiche que j'avais à Monaco ?

— Non. On reste un joli petit couple. Sauf que, cette fois-ci, tu seras plein aux as.

— L'un n'empêche pas l'autre.

— Certes, mais contente-toi de ne rien comprendre à l'italien, ça devrait suffire.

— Avec le peu de renseignements dont nous disposons sur cette fameuse société Amaro, nous pouvons très bien viser totalement à côté de la cible, tu en es consciente ? Imagine qu'ils ne s'occupent que de gros chantiers ? Aller les voir, pour la construction d'une résidence secondaire, risquerait de leur mettre la puce à l'oreille, tu ne crois pas ?

— Ne t'inquiète pas pour ça. Nous ramasserons un nom ou deux sur place, dont nous nous recommanderons. Souviens-toi : plus c'est gros, plus ça passe.

J'acquiesçai, tout en ayant quelques doutes. Je me concentrai à présent sur le paysage : Lisa n'avait pas exagéré : l'appareil volait à une altitude qui donnait l'impression de survoler une miniature ferroviaire confectionnée avec minutie par un collectionneur passionné. Vus d'ici, les champs étaient délimités avec précision, les grands cyprès isolés étaient reconnaissables au premier coup d'œil et les fermes grouillaient d'agitation. Un vrai régal pour les yeux.

Lisa, très professionnelle, resta concentrée sur notre mission : elle avait sorti sa tablette qui lui permettait d'examiner en détail les budgets et autres documents récupérés par Giovanni. Je me demandais, une fois encore, ce qu'il avait bien pu devenir. Avait-il été relâché ? Sain et sauf ? Du peu que j'avais pu voir de ses geôliers, ceux-ci n'avaient pas l'air de comiques, même si Lisa avait envisagé qu'il finisse par leur payer à boire. Je n'éprouvais aucune sympathie pour Casaviecchi, joueur invétéré qui ne s'embarrassait pas de principes lorsqu'il s'agissait de se remplir les poches. Pour autant, je n'en étais pas à souhaiter qu'il lui soit arrivé malheur.

Nous serions bientôt à l'aéroport de Catane, où nous louerions un véhicule, direction Syracuse.

26.

Le goût prononcé de Lisa pour les voitures de sport n'avait guère laissé d'options lorsqu'il s'était agi de choisir un véhicule : une Porsche Boxster fit son bonheur. *« C'est bon pour notre couverture et c'est aux frais de la princesse »*. Que pouvais-je bien répondre à ça ?

La soixantaine de kilomètres séparant Catane de Syracuse me permit néanmoins d'apprécier le paysage : c'était la Sicile telle que je me l'étais imaginée. Aride, d'une chaleur brûlante, tout en bleu et blanc. L'arrivée à Syracuse fut cependant décevante. Sans doute le fait que nous arrivions par le nord de la ville n'y était pas étranger. Les quais où des petits bateaux de pêche côtoyaient de vieilles bâtisses aux peintures délavées et dépareillées n'étaient pas spécialement séduisants et il fallut attendre d'arriver dans la vieille ville proprement dite pour que la magie opère. La *piazza del duomo* était tout simplement spectaculaire. Son église baroque semblait tout droit sortie d'une autre époque, tout comme les bâtiments qui occupaient littéralement les lieux : l'espace dévolu à la place semblait rétréci, limité à un demi-cercle allongé, comme si quelque architecte, à la suite d'une erreur de calcul, avait été contraint d'en réduire la superficie initiale. Lisa n'était pas intéressée par le tourisme : me laissant à ma contemplation, elle se précipita à l'intérieur de l'un des deux restaurants de la place pour en ressortir quelques minutes plus tard et m'apostropher d'un signe de la main :

— David, *vieni qui* !

Comprenant l'injonction, je rejoignis Lisa qui s'était installée à une table en terrasse, située en bordure de la salle du restaurant.

— Amaro constructions est fermée à cette heure-ci mais figure-toi que j'ai eu le nez creux : le patron connaît cette compagnie. Il m'a confirmé qu'elle a ses entrepôts dans la zone industrielle et un bureau qui s'occupe des ventes et de tout le volet administratif, à deux pas d'ici, *Piazza Santa Lucia*. L'idée de les aborder avec un projet résidentiel est tout à fait à propos, Luca me l'a confirmé.

— Luca ? Tu es déjà à tu et à toi avec le patron du resto ? Tu ne perds pas de temps, dis donc !

— Droit au but, c'est un de mes talents cachés. En attendant, pourquoi ne pas profiter d'un bon plat de spaghetti à l'encre de seiche, ainsi que de poulpe ? C'est la spécialité du restaurant. Après ça, nous irons faire un tour en bord de mer, il y a un magnifique phare qui se dresse sur les remparts de la ville.

— Là, tu ne me feras pas croire que tu as obtenu toutes ces informations en quelques minutes de ton « ami » Luca. Tu es déjà venue ici, ce n'est pas possible autrement.

— Toujours perspicace, Atlan. Tu as raison. J'ai séjourné ici quelques jours, il y a bien des années. Un voyage romantique, si tu veux tout savoir.

J'étais curieux. Imaginer Lisa voyager en amoureux, « pour de vrai » me paraissait surréaliste, puisque je ne l'avais jamais côtoyée qu'en mission, sous couverture. J'avais de la difficulté à l'imaginer ainsi, main dans la main avec son… amoureuse.

— Qu'y a-t-il David ? Je te devine pensif, interrogatif.

— On ne peut rien te cacher ! J'essaie de t'imaginer dans le rôle de la touriste en escapade romantique. Je ne te connais que très peu en fait et uniquement sous le « vernis » professionnel. Exception faite de ta « seconde famille »…

— Ce soir, c'est ma tournée : je suis prête à te faire des confidences. Que veux-tu savoir ? Comment elle s'appelait ? À quoi elle ressemblait ? Quand et pourquoi ça s'est terminé… ? Demande et je répondrai. Après tout, j'en sais beaucoup sur toi et la réciproque n'est pas vraie.

Lisa ne cessait de me surprendre. Elle était à l'opposé de l'image que je me faisais d'un enquêteur sous couverture, n'hésitant pas à mélanger des éléments de sa vie privée au rôle qu'elle jouait, passant d'un registre à un autre en quelques secondes. J'hésitai entre me sentir flatté de partager ces morceaux d'intimité ou relativiser un trait de caractère que Lisa dévoilait peut-être à tous ses partenaires.

— Et bien, Atlan, ça t'a coupé la chique ? Tu n'es donc pas curieux ? Je suis déçue, moi qui me pensais tellement mystérieuse…

Je la fixai avec une intensité que je ne me connaissais pas, avant de répondre :

— Tu peux être tranquille, tu es une énigme à multiples facettes. Je me demande en fait si j'ai envie de savoir ou si je préfère que tu conserves ton aura de mystère…

Réflexion faite, ce n'est pas tant de savoir où tu as appris à te battre, à conduire comme un pilote de F1 ou à manipuler des armes. Ce sont des détails. Je t'avoue que, pour tes conquêtes amoureuses – j'imagine qu'il n'y en a pas eu qu'une – c'est un peu la même chose. En revanche, ce qui m'intéresse, c'est plus ton parcours de vie. Comment tu en es arrivée à faire ce que tu fais aujourd'hui, pourquoi.

— Si je te posais cette question à toi, tu me répondrais que c'est par hasard et ça ne serait que la stricte vérité. Et bien, pour moi, c'est pareil.

— Donc les confidences se limitent au superficiel ? Je suis déçu.

Notre conversation fut interrompue par Luca, qui nous apporta deux verres de Marsala ambré dont je compris qu'il s'agissait d'une récolte familiale. Le sourire entendu de Lisa au patron me confirma qu'elle était en terrain connu. Le restaurateur s'éclipsa avec une discrétion qui tranchait avec son physique massif.

Tout en levant son verre, Lisa reprit :

— Tu as raison et je n'ai qu'une parole. Du reste, tu possèdes déjà quelques bribes d'informations que tu as déjà assemblées, j'en suis sûre : Lisa et sa deuxième famille… D'ailleurs, si je t'ai emmené là-bas, c'était presque autant pour toi que pour moi. Je sentais que tu avais besoin de retourner vers tes racines que tu croyais coupées, pas vrai ? Quant à moi, retourner les voir est une piqûre de rappel, afin que je n'oublie jamais d'où je viens et que je me souvienne qu'il faut profiter de chaque moment, bon ou mauvais.

C'est Zita qui fut mon point d'entrée dans la famille. En fait, il y a des années, je me suis trouvée nez à nez avec elle dans sa voiture, une 205 anthracite. J'étais affairée sur le siège passager, en train de démonter son autoradio, lorsqu'elle est rentrée dans sa voiture. Elle ne m'avait pas vu. Je traînais dans les rues à cette époque, du côté de la gare…

Loin de se démonter, elle s'est fendue d'une remarque dont elle a le secret : « ce n'est pas avec cette vieille merde que tu vas faire ta journée ! »… J'ai sorti le couteau qui ne me quittait pas. Penses-tu qu'elle s'en soit émue ? Elle m'a souri et s'est contentée de me dire : « Meskina, comme tu dois être perdue pour en arriver là… Tu m'as l'air d'avoir surtout besoin d'un bon repas et moi, de faire ma mitzva[6]. Suis-moi ! »

Elle est ressortie aussi sec de sa bagnole et s'est plantée sur le trottoir. Je t'avoue que je me suis sentie conne sur le coup, ne sachant quoi faire. J'avais l'habitude de me faire serrer mais pas de ce genre de réaction, qui m'a laissé sur le cul. Je m'attaquais à son autoradio et elle m'offrait à bouffer ! Je l'ai suivie, d'abord pour le repas gratuit, avec l'idée derrière la tête que je pourrais sûrement trouver mieux que son autoradio chez elle, idée que j'ai très vite abandonnée. Elle m'a parlé, tu sais comme elle est, hein ? Avec son énergie et sa façon de ne douter de rien, cette assurance de détenir la vérité… Ce jour-là, je suis devenue comme une fille pour elle et Serge. J'ai quitté la rue d'une façon encore plus abrupte que j'y étais arrivée.

---

[6] Bonne action.

Je te rassure, je leur en ai quand même fait voir de toutes les couleurs !

Je me doutais que l'histoire de Lisa n'avait pas dû être simple mais j'étais carrément impressionné par ce récit. Je compris qu'en fait de seconde famille, Serge et Zita étaient, au final sa seule famille. Sans réfléchir, je lui demandai :

— Et ta « vraie » famille ?

— Elle n'a de vrai que le caractère biologique. Des sales cons qui me voulaient soumise. Tant que j'étais une enfant, ça allait encore… Une fois que j'ai commencé à être une femme, les choses se sont gâtées et pas qu'un peu. Je te passe les détails, je suis sûre que tu te fais une idée… J'ai profité du pèlerinage annuel au bled pour me faire la belle sur le port de Marseille. J'ai foncé à la gare Saint-Charles et embarqué dans le premier train, qui partait pour Nice, où j'ai débarqué.

Ça te fait quelques pièces supplémentaires du puzzle, pas vrai ?

J'opinai en terminant mon verre alors que Luca arrivait, assiettes de spaghetti à l'encre de seiche à la main.

Lisa clôtura la conversation :

— Ma « vraie » famille, tu l'as rencontrée.

27

— Tu commences à connaître la musique, n'est-ce pas ?

— Oui, ça se résume à « sois beau et tais-toi », je commence à imprimer, Lisa.

Nous étions garés sur la *Piazza Santa Lucia*, à proximité des rangées d'arbres dont les sommets étaient taillés de sorte à ne former qu'un long tapis vert et rectangulaire, qui semblait « posé » sur les troncs, réduits à l'état de pilotis. Simple et élégant. Ce raffinement ne semblait pas à sa place, tant les alentours étaient quelconques. Les bureaux d'Amaro constructions se trouvaient à proximité immédiate des arbres, qui remplissaient leur office, protégeant la vitrine du soleil déjà brûlant en ce milieu de matinée.

Lisa sortit de la voiture, jetant un coup d'œil circulaire. Les lieux étaient quasiment déserts. Nous nous dirigeâmes vers la devanture des bureaux à la vitrine remplie de photographies de villas ou d'appartements, qui ressemblaient à s'y méprendre à une agence immobilière. J'ouvris la porte à Lisa qui traversa le seuil, droite comme un I. La réceptionniste nous accueillit d'un sourire enthousiaste, demandant – je faisais décidément des progrès en italien – ce qu'elle pouvait faire pour nous. Lisa lui fit la totale, expliquant que nous étions récemment fiancés, en m'agrippant au passage comme si je risquais de m'envoler, et précisa que nous étions également tombés *« enamorato »* de la région, où nous voulions faire construire une résidence secondaire. Cristina, c'était le nom de la secrétaire, nous installa dans le bureau du spécialiste des constructions neuves, qui se prénommait Andrea et serait là *« subito »*. Une fois assise, Lisa entreprit de se raccrocher à mon bras, prenant soin de s'assurer que Cristina n'en loupait pas une miette. Cette dernière était sans doute en train de rechercher ce fameux Andrea, que j'imaginais, en bon commercial, installé au café du coin à bonimenter. Lorsqu'il débarqua, en chair et en os, il était conforme à l'idée que je m'en étais faite : une démarche emplie d'assurance, une poignée de main ferme et un regard perçant formaient sa panoplie de vendeur. Il portait une montre qui avait la taille d'une armoire normande, dévoilée grâce aux manches relevées de sa chemise aux fines rayures rouge et blanc. Ses yeux verts adoucissaient la dureté de ses traits, due en grande partie à son crâne impeccablement rasé.

Il comprit vite qu'il aurait à négocier avec Lisa, ce qui ne le dérangeait pas le moins du monde, bien au contraire, me dis-je. Je me souvins de la place que j'avais à tenir et le fixai avec insistance, d'un regard méfiant. Le genre de mec à vous piquer votre femme sous le nez. Il pouvait toujours courir avec Lisa, qui n'en laissait rien paraître. De ce que j'en saisissais, le projet qu'elle lui exposa ressemblait au délire pharaonique d'une star hollywoodienne. Je me souvins des mots de Lisa : « plus c'est gros, plus ça passe ».

Andrea acquiesçait à chaque phrase, en rajoutait parfois et finit bientôt par proposer de nous montrer plusieurs emplacements disponibles pour construire cette villa de rêve. Il tourna son écran d'ordinateur dont je devinai un fond d'écran sorti tout droit d'un calendrier Pirelli. Des terrains, il y en avait pour tous les goûts, tantôt en bord de mer, tantôt dans l'arrière-pays. Lisa balaya très vite les emplacements trop excentrés, elle tenait à sa vue sur la mer. Avant même d'arrêter un choix, elle interrogea Andrea sur les délais d'exécution puisque nous comptions pendre la crémaillère en y célébrant notre mariage. On pouvait dire ce qu'on voulait sur Lisa, elle avait de la suite dans les idées, personne ne pouvait lui enlever ça !

Je finis par décrocher quelque peu de la conversation, jusqu'à ce que celle-ci soit sur le point de se terminer. Le commercial proposa des plages horaires pour visiter les terrains et changea subitement de sujet. Il demanda qui nous avait recommandé Amaro constructions. Lisa marqua une pause avant de répondre. Elle me dévisagea et, avec un léger rictus, prononça le nom de Marcello Vedovotto !

Je faisais tout ce que je pouvais pour masquer ma surprise ; donner le nom de l'avocat me semblait fou ou stupide. Peut-être même les deux.

Le commercial ne broncha pas, se contentant d'un anodin *« bene »*. Avant que nous prenions congé, Lisa confirma notre disponibilité pour la fin de la journée et nota l'adresse du premier terrain à visiter.

Une fois dehors et à bonne distance du bureau d'Amaro constructions, j'expulsai les mots que je réfrénais depuis qu'elle avait prononcé le nom de l'avocat :

— Lisa ! Je n'ai sûrement pas ton expérience, mais je trouve que c'est de la pure folie de lui avoir balancé le nom de l'avocat ! Ils vont immédiatement faire le lien !

— Tu voulais faire quoi d'autre, au juste ? Jouer les monte-en-l'air en pleine nuit pour aller fouiller la paperasse d'Amaro constructions ? Crois-moi, si leur trafic n'est pas net, ils vont s'agiter très vite, ce qui nous donnera l'occasion de découvrir à quoi cette foutue commission correspond. Tu l'as peut-être oublié mais nous sommes ici pour enquêter et je te l'ai dit au tout début de notre collaboration : mon dossier, mes règles.

— …

— De toute façon, maintenant, c'est fait. Il n'y a plus qu'à sagement attendre. Cet Andrea reviendra à la charge lorsque nous visiterons les terrains, fais-moi confiance. Tiens, en attendant, je vais informer France des derniers développements, c'est l'occasion ou jamais. Pendant ce temps, je te suggère de traverser la place et de nous ramener des *Canolli siciliani*[7] ; il y a une pâtisserie en face qui en fait d'excellents.

La suggestion tombait à pic car je n'avais rien d'aimable à dire à ce moment précis. M'éloigner, ne fût-ce que quelques minutes, me ferait le plus grand bien. Lisa n'avait pas menti, les *canolli* avaient l'air délicieux et j'en achetai quatre, anticipant le goût de « revenez-y » qu'ils créeraient. Je me pris à imaginer Lisa, dégustant les pâtisseries sous les arbres, en compagnie de celle qui l'avait accompagnée lors de sa précédente visite de Syracuse. Alors que je revenais vers elle et l'apercevait de loin, téléphone à la main, une camionnette vint se garer à côté de la Porsche. La porte latérale s'ouvrit et je vis deux hommes en descendre, l'un d'eux tenant ce qui ressemblait à… un pistolet. Ils disparurent derrière la camionnette et j'entendis un bruit sec ressemblant à une

---

[7] Spécialité pâtissière sicilienne composée d'une croûte de pâte frite remplie d'une farce sucrée et crémeuse à base de ricotta.

détonation étouffée. Ils réapparurent quelques secondes après, portant Lisa qui semblait inconsciente ! Tout ça s'était passé sous mes yeux, en quelques secondes. Jamais je n'aurais pensé qu'une telle scène puisse se jouer si vite. Le temps s'était comme ralenti, avant de soudainement s'accélérer, lorsque la porte coulissante de la camionnette se referma. J'avais lâché les *canolli*, qui n'étaient plus qu'un lointain souvenir et m'étais mis à courir en direction des voitures. La camionnette était déjà loin lorsque j'arrivai, haletant, à la Porsche.

28.

La panique ressentie lorsque j'avais été témoin de l'enlèvement de Lisa s'installait durablement en moi. L'examen du siège conducteur n'avait pas révélé de traces de sang. Je pensais que cela m'aurait rassuré mais il n'en fut rien. Je ne parvenais pas à enlever de ma tête la vision de ma partenaire, trimballée comme un sac de patates par ces hommes. Où avaient-ils bien pu l'emmener ? Le mobile du kidnapping était relié à notre visite chez Amaro constructions et à l'imprudence de Lisa. Il ne pouvait pas en être autrement. J'essayais de réfléchir. Que faire ? Bordel ! Lisa aurait su quoi faire... Je me sentais tout à coup démuni, impuissant, avec ce sentiment amer d'être revenu en arrière, derrière mon bureau ou mon comptoir de station-service... Je ressentais la fragilité du changement que je venais de vivre et que j'avais pris pour acquis. Le ciel bleu de Sicile ressemblait tout à coup à mon ancienne grisaille parisienne... Quel con je faisais ! Je m'en voulais. De ne pas avoir compris à quel point ce changement, cette métamorphose était fragile et réversible. Cette prise de conscience se faisait au prix fort : la disparition de Lisa ! Je me demandais si j'aurais pu empêcher cet enlèvement et tâchai de me rassurer en me disant que je n'aurais rien pu y changer. La rapidité d'exécution laissait penser que ces gars-là étaient parfaitement rodés à l'exercice. Après tout, nous étions en Sicile... Tous les faits divers, tous les films tournant autour de la mafia me revinrent subitement en tête. Lisa était entre leurs mains ! Bon sang, je n'osais pas imaginer tout ce qu'ils pourraient lui faire, tout en ayant une parfaite idée du pire… Je l'imaginais battue, torturée… violée et finalement tuée. Je me voyais déjà retrouvant sa dépouille… Il fallait que je fasse quelque chose !

Par où commencer ? Des indices ? J'examinai encore l'intérieur de la voiture. Son téléphone portable était tombé entre le siège et la portière. Je le récupérai, ainsi que la carte de crédit logée dans la coque de l'appareil. Je mis quelques secondes à vérifier que la clé de contact était en place, le constructeur allemand ayant la drôle habitude de placer la serrure à gauche du volant. Elle y était. Un problème de moins, c'était déjà ça.

Je réalisai que la camionnette devait déjà être loin. Que devais-je faire ? Sauter dans la voiture et rouler ? Mais vers où ? De rage, je lançai mon poing sur la carrosserie. Mes phalanges me rappelèrent aussitôt que j'aurais encore quelques progrès à faire avant d'arriver au niveau de Lisa.

J'essayais de reprendre mes esprits. Qu'aurait-elle fait, à ma place ? Elle aurait sorti son flingue et serait partie me chercher. OK. Sur ce point, nous pensions pareil. Facile à dire, mais la plus grande question qui demeurait était : par où aurait-elle commencé ?

Je regardai autour de moi. Bien sûr ! La devanture d'Amaro constructions. Aller voir et secouer le playboy de service. Il était forcément responsable de ce qui arrivait. Le nom de Vedovotto avait dû tout déclencher. Trop content d'avoir enfin trouvé une action concrète à entreprendre, je me précipitai en direction des bureaux que nous venions de quitter. Quelque chose n'allait pas. La porte était fermée, je ne voyais personne à l'intérieur. Ah ! Ils signaient donc leur crime ! Voilà qui me confortait dans mon idée : mettre la main sur Andrea pour retrouver Lisa. Sauf que là, je tombais sur un os. Un rapide coup d'œil à ma montre m'indiqua qu'il était midi passé. Peut-être avaient-ils fermé pour le déjeuner ? Ç'aurait été trop simple. J'étais persuadé qu'ils étaient derrière l'enlèvement de Lisa. Je ne me voyais pas attendre patiemment la réouverture des bureaux, à Dieu sait quelle heure. Tout à coup, je me rendis compte que je n'avais pas envisagé deux évidences : la police et France.

À tort ou à raison, les images d'Épinal d'une police corrompue me vinrent en tête. Il me restait la deuxième option : France.

Après d'interminables sonneries, elle décrocha enfin :

— Monsieur Atlan, que me vaut le plaisir ?

Sa voix détendue tranchait avec mon angoisse. Je balbutiai quelques mots, sûrement incompréhensibles depuis un confortable bureau des quartiers chics de Paris :

— Lisa ! Disparue ! Ils l'ont enlevée… ! Sous mes yeux. Je ne sais pas quoi faire. Il faut la retrouver !

Passé un moment de silence circonstancié, au cours duquel elle s'était sûrement redressée de son fauteuil, elle me questionna :

— Que s'est-il passé exactement ? Racontez-moi tout, calmement. Une chose après l'autre.

Je pris une grande respiration et entreprit de tout lui raconter, de notre arrivée aux bureaux d'Amaro constructions aux *Canolli*, terminant sur ma tentative avortée d'obtenir des explications de cet Andrea.

— Voici ce que vous allez faire, David. Rentrez à votre hôtel et attendez mes instructions. N'appelez surtout pas la police. Cette enquête doit demeurer discrète et vous risqueriez de devoir fournir des réponses que vous n'avez pas aux questions qu'ils vous poseraient. Ce qui ne ferait qu'alimenter leur suspicion. J'envoie une équipe qui sera là d'ici la fin de la journée. Vous n'êtes pas qualifié pour intervenir dans ce genre de situation.

— Pas qualifié ? Allez dire ça à Lisa, si ça se trouve, en ce moment, ils lui font Dieu sait quoi ! Et vous me demandez de retourner bien sagement à l'hôtel ? Pourquoi pas me commander un verre au bord de la piscine, tant qu'on y est ?

— Je ne vous le demande pas, je vous l'ordonne. Vous ne pouvez RIEN faire. Faites ce que je vous dis, un point c'est tout.

Sur ces entrefaites, elle raccrocha sans crier gare, avant même que j'aie eu l'occasion de contester ses directives.

Elle avait raison. Je n'étais pas « qualifié » pour agir. Sauf que je m'en contrefoutais à un point qu'elle ne pouvait pas imaginer, la mère Pasquier !

Envoyer une équipe de barbouzes pour sauver Lisa ? Le temps qu'ils arrivent, elle serait sans doute déjà morte. Hors de question de l'abandonner à son sort ! Sérieusement ? Elle croyait vraiment que j'allais attendre en me tournant sagement les pouces ?

La vérité : je crevais de trouille. Prendre des photos en douce, ce n'est pas un gros défi, pas plus que de jouer l'andouille dans un dîner mondain. Je faisais à présent face à un danger bien plus grand, un danger physique et immédiat, pour Lisa mais aussi pour moi. Je n'ai jamais été du genre bagarreur. Je n'en ai jamais eu besoin en fait.

Peut-être bien parce que je ne voyais pas de raison de me battre là où d'autres auraient vu mille occasions.

Mon instinct de conservation me dictait d'aller me cacher à l'hôtel, d'obéir bien gentiment – comme je l'avais toujours fait – aux « directives » qui m'avaient été données.

Mais cette boule à l'estomac – qui ne me quittait pas depuis l'enlèvement – cachait autre chose : ce sentiment de devoir agir, peu important les conséquences pour ma petite personne. Je savais que je ne me pardonnerais jamais de n'avoir rien fait et que ça me minerait jusqu'à la fin de mes jours. Que je devais faire l'impossible, pour Lisa et aussi pour moi sans quoi je ne pourrais jamais plus me regarder dans une glace. Je me demandais si cet accès soudain de chevalerie, tout nouveau pour moi, était dû à Lisa ou à moi…

Je réglerai ce questionnement introspectif plus tard. Je m'installai dans la voiture et pressai le bouton de démarrage de l'engin, qui se mit à ronronner, prêt à lâcher ses chevaux sur l'asphalte. Cette bagnole collait à mon état d'esprit du moment : prêt à tout.

Puisque je ne pourrais pas avoir d'informations directes d'Amaro constructions dans l'immédiat, j'allai recourir à une autre source : Luca, le restaurateur qui appréciait Lisa, semblait avoir des informations au sujet de la compagnie et de ses entrepôts. Il m'en dirait plus, qu'il le veuille ou non.

29

Luca était en train de tailler la bavette avec des clients en terrasse lorsque nos regards se croisèrent. Son sourire laissa la place à une expression grave. Soit il savait déjà ce qui se passait, soit mon expression parlait d'elle-même. Il ne me proposa même pas de m'asseoir, m'indiquant de le suivre à l'intérieur de son restaurant.

Une fois que nous eûmes franchi le seuil, je m'apprêtai à parler. Il me stoppa net, de son index collé sur ses lèvres. Obéissant et sans doute rassuré par la discrétion de ce gros bonhomme, je suivais ses pas dans son établissement : devant les cuisines, puis au travers d'une volée de marches avant d'arriver à notre destination : le bureau du patron. Un cauchemar de gratte-papier tant les factures et autres documents s'entassaient sur ce petit bureau en bois, et débordaient des classeurs métalliques à tiroirs. Je notai que la minuscule pièce ne comportait aucune fenêtre. Je parvins à la conclusion qu'il ne devait en tous cas pas être claustrophobe ou alors ne passer que très peu de temps dans cet espace confiné.

À mon grand soulagement, son français s'annonçait plutôt compréhensible malgré un accent à couper au couteau, que j'aurais peut-être trouvé amusant en d'autres circonstances :

— *Chè passa* avec Lisa ?

— Comment est-ce que vous savez qu'il se passe quelque chose ?

— Tu arrives *solo*, avec *una testa*[8] de fantôme. Je ne suis pas idiot. *Questa è la Sicilia qui*[9]... Amaro ?

— Elle s'est fait enlever, sous mes yeux, juste après notre visite aux bureaux d'Amaro constructions, Piazza Santa Lucia. Nous avons rencontré là-bas un dénommé Andrea, ça vous dit quelque chose ?

— *Questa testa di cazzo*[10] ? Il est inoffensif. Une grande gueule, comme vous dites en France. *Ma*, c'est un peureux, un pleutre, juste bon à embobiner les filles.

— Ce n'est pas lui qui l'a enlevée. Il y avait trois hommes au moins. Ils l'ont emmenée dans une camionnette.

— Tu peux les décrire ?

Je rassemblai mes souvenirs de la scène pour y retrouver des visages mais j'avais beau fouiller, je ne voyais rien d'autre qu'une main tenant un pistolet et Lisa trimballée par ces gus. La stupéfaction m'avait-elle empêché de noter tous les détails, comme je l'aurais fait pour une scène banale de la vie courante ? Je repensai aux mots de France : *« vous n'êtes pas qualifié »*... Je ne pouvais pas lui donner tort sur ce coup-là.

Je hochai négativement la tête.

— Petits, grands, gros ? Tu es sûr que tu ne te souviens de rien du tout ?

---

[8] une tête
[9] C'est la Sicile, ici...
[10] Ce connard ?

Je tentai de me concentrer et repassai une fois encore la scène, afin d'y trouver des réponses :

— Ils étaient de taille… moyenne, les cheveux courts et bruns, comme les trois quarts des Siciliens, non ?

Luca commençait à s'impatienter. Il poursuivit :

— Tu as appelé la police ?

Je répondis cette fois-ci du tac au tac, avec énergie un « non ! » fracassant qui éveilla la curiosité chez le restaurateur. Il se contenta cependant d'un laconique :

— Ah. Je vois.

Je le regardai, silencieux. Il finit par poursuivre :

— Qu'est-ce que je peux faire, alors ?

— M'aider à la retrouver.

Luca me considéra, son double menton baissé, les yeux perçants :

— *Io non ti conosco, ma[11]*… Je ne pense pas que tu sois capable de faire le poids…

Il me venait en tête une répartie cinglante liée au physique du bonhomme mais je décidai de m'abstenir. Je choisis plutôt de jouer la carte de la sincérité :

_____

[11] Je ne te connais pas, mais…

— Peut-être que vous avez raison, Luca. Sûrement même. Mais si je ne fais rien, je ne me le pardonnerai jamais. Vous comprenez, ça ?

— *Certo*[12] !
Si c'est Amaro constructions qui est derrière l'enlèvement, ils la gardent sans doute dans leurs hangars de la zone industrielle. S'ils voulaient juste la faire disparaître, elle est sûrement déjà morte…

— Non ! S'ils avaient voulu la tuer, ils l'auraient fait directement ! Je les ai vus l'emmener, après lui avoir tiré dessus. Mais il n'y avait pas de sang dans la voiture. Ils ont dû l'endormir.

— *Aspetta*[13] ! Ils lui ont tiré dessus et l'ont endormie ?
Si c'est ça, je sais qui c'est !

— Hein ? Qui ?

— Roberto Ricci. *Il veterinario*[14]. C'est un ancien vétérinaire, un homme à tout faire pour… enfin…

Il n'allait pas prononcer de nom mais je comprenais parfaitement ce qu'il ne disait pas. La mafia, la *Cosa Nostra*, comme ils l'appelaient par ici. J'essayais d'en savoir plus :

— Quel est le rapport entre un vétérinaire et Lisa ?

[12] Bien sûr !
[13] Attends !
[14] le vétérinaire.

— Ils l'appellent quand il faut « endormir » une victime… difficile.

Je me demandai de plus en plus qui était vraiment ce Luca, qui n'avait plus rien du restaurateur affable et jovial que j'avais rencontré la veille :

— Et vous ? Comment vous savez ça ?

À nouveau, il reposa son index gauche sur sa bouche.

— Où est-ce que je peux le trouver, ce Roberto ?

— Je ne sais pas où il est, mais je peux te dire où il passe la plupart de son temps libre : sur le port, à côté de son bateau de pêche. Il a une petite baraque en béton, juste à côté du quai des pêcheurs. Mais même si tu le trouves, il ne te parlera pas…

Je considérai Luca, avec une détermination que je ne me connaissais pas :

— Oh si. Il parlera, croyez-moi.

Je devais avoir commencé à lui faire une bonne impression, si j'en croyais sa mine confiante. Il sortit de l'amas de papiers traînant sur son bureau une carte touristique de la ville, mentionnant commerces et points d'intérêt :

— Nous sommes ici. Et la cabane de Roberto est là, à côté du quai 3A, réservé aux bateaux de pêche. À cette heure-ci, ils ne sont pas encore rentrés de mer. S'il est là, tu le trouveras seul. Méfie-toi, c'est un *bastardo*[15].

Je m'apprêtai à me lever lorsqu'il ajouta, tout en ouvrant son tiroir :

— Prends ça, tu en auras besoin.

Il me tendit un pistolet, tout en commentant :

— Celui-là, il endort *per la vita*[16]. Beretta 92FS : simple et efficace. Tiens, prends aussi le silencieux. Tu sais comment ça marche, n'est-ce pas ?

De mon air le plus assuré, j'approuvai.

Luca n'était pas dupe. Il m'indiqua :

— Le cran de sureté est là. Arrêt. Marche. Pan ! Tu as quinze balles.

— …

— Bon. On y va ?

On ? Jusqu'ici, il n'avait jamais été question qu'il m'accompagne, même si je devais bien avouer que cette perspective me rassurait. Devant mon air interloqué, Luca s'empressa de se justifier :

---

[15] salaud
[16] pour toujours

— Tu ne parles pas italien et ce *stronzo* ne parle pas français.

— Vous ne venez quand même pas avec moi juste pour ça ?

Le restaurateur ricana :

— Non. Tout finit par se payer et pour Ricci, c'est l'heure d'*il conto*[17] avec moi. Et puis, Lisa, je lui en dois une aussi. Elle ne t'en a pas parlé ? Alors c'est que ça ne te regarde pas.

Décidément, Lisa avait des secrets dissimulés à des endroits plus qu'improbables. Pour l'heure, je n'y voyais qu'une intervention de la divine providence. Luca ajouta :

— Juste une chose. Si on le trouve, il meurt aujourd'hui. Sinon, je ne viens pas. Je ne peux pas risquer de le laisser en vie, *va bene*[18] ?

Avais-je le choix ? Pas vraiment. J'étais dans un tel état de colère et d'angoisse, songeant à la vie de Lisa qui ne tenait qu'à un fil, qu'aussi fou que cela puisse paraître, moi, le scribouillard, j'approuvai la planification d'un… meurtre.

J'opinai en silence, sans totalement me rendre compte que je risquais d'assister dans les prochaines heures à un règlement de compte en bonne et due forme.

Luca attrapa un autre pistolet, qu'il cala avec difficulté à l'arrière de son pantalon, avant de m'indiquer la sortie.

---

[17] l'addition.

[18] D'accord ?

30.

Malgré sa stature impressionnante, Luca se déplaçait dans les ruelles étroites avec une agilité et une discrétion surprenantes. Dire que l'homme était massif était un euphémisme et pourtant, en plein milieu de l'après-midi, où la ville était déserte, il ne faisait pas plus de bruit qu'un chat. Bientôt, les ruelles devinrent plus larges, dévoilant un soleil écrasant. Nous avions quitté les quartiers touristiques ; à présent, les vieux immeubles aux vitres cassées, ceints d'immenses grillages, dénotaient avec le pittoresque des ruelles que nous venions de traverser. Les façades étaient soit délavées, soit effritées. Ce décor me faisait penser à un paysage de guerre. Nous étions pourtant toujours dans Syracuse…

Le restaurateur ne disait toujours rien et poursuivait sa route d'un pas déterminé. Le port fut bientôt en vue. La plupart des emplacements étaient vides mais il restait tout de même quelques petits bateaux, mélange de pointus méridionaux et de chalutiers miniatures, avec leurs demi-cabines. Ils se ressemblaient tous sauf en ce qui concernait leurs couleurs vives : les tons bleu et vert étaient déclinés sur une vaste gamme. Très vite, une forte odeur me prit aux narines. Sans aucun doute l'effet nauséabond de la chaleur intense sur l'eau stagnante du port et les endroits affleurant où des touffes d'algues pourrissaient… Nous remontions le quai principal quand je vis de loin ce qui ne pouvait être que la fameuse cabane du « vétérinaire ». Un vrai bunker aux fenêtres condamnées, un volet roulant métallique en guise de porte d'entrée. Tandis que nous nous approchions, je remarquai, sur le stationnement à côté de l'entrée, une vieille caravane, ainsi que les inévitables Fiat, appartenant sûrement aux pêcheurs encore en mer.

Luca s'approcha doucement de la première fenêtre et passa en dessous de celle-ci afin que je puisse me placer à côté. Le bruit à l'intérieur nous confirma que la cabane était bien occupée. Je tendis l'oreille. Après quelques secondes, je n'eus plus aucun doute : il s'agissait… d'ébats sexuels !

Mon sang ne fit qu'un tour : j'imaginais déjà Lisa en train de se faire violer par ces salauds ! Je m'apprêtais à bondir à l'intérieur quand Luca m'arrêta net en souriant :

— Écoute… Celle-là n'a pas l'air mécontente de son sort.

Il n'avait pas tort : j'entendis au passage des bribes de « conversation », en tous cas une voix féminine qui scandait des « si, si, siiii » et des « veni, veni… », pendant que l'homme semblait souffler comme un bœuf.

J'étais rassuré. Au moins ce n'était pas Lisa. Bientôt, après une courte apothéose qui semblait assez minable de ce côté-ci du bunker, les grognements cessèrent. Luca me fit signe de bouger. Il allait y avoir du mouvement sous peu. Nous fîmes le tour du bunker pour nous cacher en contrebas, sur le quai. La porte s'ouvrit et une femme sortit, affectant un air de ne pas y toucher qui ne prenait pas avec nous. Nous avions été les témoins – auditifs en tous cas – de la scène et je ne pus m'empêcher de penser que cette fille en faisait un peu trop pour avoir l'air de rien. Elle portait une mini-jupe en stretch mauve, des sandales à semelles de liège compensées, et un chemisier fleuri. Pour parachever le tableau, ses oreilles étaient affublées d'anneaux dorés au diamètre gigantesque. S'il avait fallu la décrire en un seul mot, j'aurais dit qu'elle était vulgaire. Non. Même pas vulgaire, ordinaire. Elle s'éloigna sans se retourner. Luca arborait un air satisfait. Je l'interrogeai :

— Il y a quelque chose de drôle que j'ai loupé ?

— C'est Gina, la femme de Luigi, ce voleur d'épicier de la *Riva Porto Lachio*. Qui jure à qui veut l'entendre que sa femme est un modèle de vertu malgré ses tenues provocantes !
Je trouverai bien un moyen de me servir de cette information…

Le bougre avait le sens des affaires et saisissait chaque opportunité. Un vrai renard.

Gina avait disparu du paysage quand nous entendîmes quelqu'un s'installer dans l'encadrement de la porte, restée ouverte. Le claquement caractéristique d'un briquet à essence se fit entendre. Une odeur de tabac vint nous confirmer qu'il était en train de s'en griller une. Luca me regarda et hocha la tête, avant de bondir en direction de la porte. Je fis de même.

Le restaurateur n'avait pas une tête à rire et son vis-à-vis perdit très vite l'air niais du mâle satisfait qu'il affichait en fumant sa cigarette. D'un geste brutal, Luca le poussa à l'intérieur du bunker et m'intima de fermer la porte.

L'homme n'avait pas l'air rassuré par la présence de Luca. Il ne me considérait même pas : j'étais transparent. Le contentieux entre les deux hommes devait être sacrément important pour monopoliser ainsi son attention.

J'examinai les lieux. L'intérieur de la cabane était minable : une vieille table avec ses quatre chaises dépareillées et un vieux canapé en velours vert formaient l'essentiel de l'ameublement. J'imaginais notre homme et « Gina » en train de s'affairer sur ce vieux divan. Pas très ragoûtant. Au moins, il ne faisait pas trop chaud, sans doute grâce à l'épaisseur de la structure de béton.

Luca poussa du pied l'une des chaises et la pointa du menton à l'attention de l'homme. J'en profitai pour le détailler. Maintenant que je l'avais en face de moi, il ne faisait plus aucun doute que c'était bien lui qui tenait le pistolet ce matin. Il faisait moins son malin maintenant.

Luca commença à lui parler en italien, sur un ton à glacer le sang. Je compris quelques bribes, principalement un « *dove sta la ragazza*[19] ? »

Le « vétérinaire » agitait ses mains en signe de dénégation, ce que j'interprétais comme « je te jure que je ne sais pas de quoi tu parles » ou quelque chose d'approchant. Luca n'était pas là pour perdre son temps. Il sortit son arme et me demanda le silencieux qu'il m'avait confié. Il le vissa lentement. Cela me parut une éternité. J'imaginais que Roberto Ricci devait également trouver le temps long.

Une fois l'opération terminée, Luca mit l'homme en joue, visant la tête avant de descendre lentement son arme. Il s'arrêta un moment au niveau de son entrejambe, provoquant un resserrement instinctif des genoux de Ricci. Luca prenait son temps. Il continua à descendre, jusqu'à arriver au niveau des rotules. Je grimaçai en imaginant la suite. Il ne tirait toujours pas. Il continua à descendre pour fixer sa ligne de mire sur la cheville gauche de Ricci. J'eus à peine le temps de voir un

---

[19] Où est la fille ?

léger sourire sur son visage avant qu'il presse la détente, provoquant un hurlement de douleur chez notre otage.

Luca ne s'arrêta pas là : empoignant son pistolet par le côté, il asséna un coup magistral sur la tempe de sa victime, qui le fit tomber de sa chaise. Il était à présent prostré et les hurlements avaient fait place à un gémissement.

— *Parla[20] !*

— *Non posso parlare ! Mi spareranno ![21]*

Luca n'était pas le moins du monde étonné de cette réaction. Il me regarda et fit une moue dubitative avant de tirer à nouveau, cette fois-ci sur la rotule gauche de Ricci.

Je regardais cette scène, impassible. Pour tout dire, ce qui m'aurait fait vomir il n'y a pas une semaine ne me choquait même pas aujourd'hui, tant l'objectif que nous poursuivions, la libération de Lisa, me semblait supérieur.

Ricci se mit à pleurer, comme un gamin. Il répétait qu'il ne pouvait pas parler, encore et encore. Je m'approchais vers lui avant que Luca ne poursuive sa méthodique besogne et répétais « *Dove sta la ragazza ?* ».

Il me regardait, ensanglanté et tétanisé. Me retournant vers Luca, je lui lançai :

— Je crois que pour l'instant, il a encore plus peur d'eux que de nous…

---

[20] Parle !

[21] Je ne peux pas parler ! Ils vont m'abattre !

Luca redevint bavard et se mit à discuter sur un ton presque badin avec Ricci. Je ne saisissais plus un traître mot de cette conversation. Il releva le vétérinaire et l'installa à nouveau sur la chaise. Puis il sortit un canif imposant dont il actionna le mécanisme qui déplia la lame. Il le planta sur la table et poursuivit son monologue. Le regard de Ricci allait et venait de Luca à moi.

— J'ai expliqué à notre ami que si c'est un vétérinaire, toi tu es un excellent boucher…

Décidément, je devais avoir une tête de découpeur ! D'abord Lisa, maintenant Luca : tous me voyaient dans le rôle du maniaque au couteau…

C'en était presque comique. Sauf que la simple pensée de la situation de Lisa m'ôtait toute envie de rire. J'acquiesçai en me saisissant du couteau, sourire carnassier à l'appui.

Je n'avais aucune intention de me lancer dans une chirurgie castratrice et j'espérais que Ricci allait finir par se mettre à table bientôt. Il continuait à répéter qu'il ne pouvait pas parler. Luca attrapa son poignet droit, plaqua sa main sur la table et tira une troisième balle, tout en me disant :

— Maintenant, on a assez joué !

Sans désemparer, il attrapa l'autre poignet et plaqua la main gauche de Ricci sur la table. Au moment où il s'apprêtait à tirer, l'homme se décida enfin à parler. Luca écouta attentivement et lorsqu'il eut terminé, lui lança un regard vengeur avant de lui loger une ultime balle, cette fois-ci dans la tête.

— Lisa est dans une maison en construction, sur la route de *Fontane Bianche*.

31

Luca contemplait, impassible, la dépouille ensanglantée du vétérinaire. Malgré son apparente froideur, je percevais chez lui la satisfaction du devoir accompli : le contentieux entre ces deux-là avait dû être extrêmement sérieux pour qu'il agisse ainsi. Je décidai que je n'avais pas à en savoir plus, l'essentiel était que nous avions à présent une piste, un lieu où trouver Lisa. Le reste m'importait peu.

Luca fit les poches de sa victime et en sortit une clé de voiture, qu'il exhiba en les secouant du bout des doigts :

— Andiamo[22] !

La voiture de Ricci avait un mérite : elle ne payait pas de mine. Une vieille Fiat Uno blanche aux vitres teintées dont le modèle remontait aux années quatre-vingt-dix ne se remarquait pas. Un modèle totalement anonyme en Sicile. Avec ce genre de véhicule, nous passerions inaperçus.

Luca conduisait avec une décontraction aux antipodes du tragique des instants précédents. J'étais à présent certain qu'il n'en était pas à sa première exécution. La chose me fut confirmée lorsqu'il intervint, au moment où je m'apprêtais à baisser la vitre afin d'atténuer l'odeur de tabac froid qui imprégnait l'habitacle :

— Non. On est mieux derrière les vitres fumées.

---

[22] Allons-y !

Je grommelai en signe d'approbation. Je me calai dans mon siège et ressentis une gêne : le pistolet. Je l'enlevai de ma ceinture et le pris en main. Il pesait son poids, bien plus lourd que le revolver de Lisa. Je considérai cette arme avec une certaine… fascination. Les mots de Lisa me revinrent en mémoire : « La première fois, ça impressionne. Après, ça fascine. » Je ne pouvais lui donner tort sur ce point.

Luca interrompit le cours de mes pensées :

— Une fois sur place, tu seras seul. Je ne pourrai pas t'aider plus. Ma dette envers Lisa est payée. Si je m'impliquais plus, je me mettrais à dos du monde qui… n'apprécierait pas. Pour Ricci, personne ne m'en voudra, *ma* en faire plus que t'amener à *Fontane Bianche, non posso*[23].

Je resserrai un peu plus mes doigts sur la crosse du pistolet. Il en avait déjà fait beaucoup, je ne pouvais pas lui en vouloir de passer la main. Je ne cherchai même pas à comprendre de quel « monde » il parlait : son choix de termes volontairement imprécis était plus que suffisant. Je notai en revanche qu'il faudrait que je demande à Lisa quel genre de dette un escogriffe comme lui pouvait avoir avec elle. Il faudrait pour cela commencer par la libérer. Saine et sauve.

Agir seul ne me dérangeait pas. J'avais dépassé le cap de l'appréhension, plus rien d'autre ne comptait que libérer ma partenaire et je me foutais d'y laisser ma peau en essayant. Rien à perdre.

---

[23] Je ne peux pas.

— Je connais cette maison. Ils ont arrêté les travaux à la structure en béton. Lisa doit être retenue à la cave, le seul endroit à l'abri des regards et au frais. S'il n'y a pas de voiture, c'est qu'ils seront trois : un guetteur et deux gardiens. C'est toujours comme ça. Tu t'occupes d'abord du guetteur, ensuite…

— Les deux gardiens.

— *Ecco*[24].
Je te laisserai plus haut et tu t'approcheras à pied. Tu traverseras un champ d'oliviers et arriveras par l'arrière de la maison. Le gardien sera sûrement à l'avant. S'il fait son travail correctement, il fait une ronde toutes les vingt minutes. S'il y a une voiture… ça n'est pas bon. C'est qu'il y a plus de monde. Là…

— Et bien, on va prier pour qu'il n'y ait pas de voiture alors.

*

La taille des vieux oliviers m'autorisait une approche discrète, me permettant de me dissimuler en progressant d'un tronc à l'autre. Mon regard allait et venait de la maison à mes pieds. Je ne voulais pas risquer de buter sur une pierre au milieu de ce sol rocailleux. Au fur et à mesure de mon avancée, la bâtisse occupait de plus en plus de place dans mon champ de vision. Je poussai un soupir de soulagement lorsque je fus assez proche pour constater qu'aucune voiture n'était stationnée dans les parages. La silhouette du gardien apparut au travers des

---

[24] C'est ça.

ouvertures des fenêtres. Je le distinguais facilement puisque les travaux s'étaient arrêtés avant que le toit soit posé. Je me raidis, sentant que l'action commençait maintenant. Il se mit en mouvement, entamant sa ronde autour de la maison dans le sens inverse des aiguilles d'une montre. L'excitation montait en moi. Chaque seconde qui passait me rapprochait à présent de l'action, du dénouement. Je réfrénai mes ardeurs en prenant une grande inspiration. Je sentais qu'il ne fallait surtout pas se précipiter. J'étais caché derrière un tronc noueux, aux formes torturées. Torturées… Bon Dieu. Je fermai les yeux et respirai encore un grand coup. Je tâchais de me fondre dans le décor. Je commençais à me sentir plus concentré, à m'imprégner de l'environnement. J'entendais le son des cigales, je sentais l'odeur des oliviers, je ressentais chaque aspérité du plastique de la crosse de mon arme, devenue le prolongement de mon bras.

Je jetai à nouveau un coup d'œil. Le guetteur avait disparu de l'arrière de la maison. Je décidai d'avancer. J'y étais. Collé contre le mur de béton, sur le pignon arrière droit, je m'apprêtais à suivre les traces du gardien. Il se mit à siffloter. Voilà qui me donnait un indice supplémentaire sur sa localisation et son niveau de vigilance. On ne siffle pas quand on est inquiet. Je regardai mon arme. Avec son silencieux, elle me semblait encore plus imposante. Je vérifiai le cran de sécurité. Tout était prêt. Recroquevillé pour passer sous les fenêtres, je me mis en marche. J'étais à présent sur le coin avant de la maison. Il était de l'autre côté, à quelques mètres. Toujours ramassé sur moi-même, je m'avançai au-delà de l'angle de la maison. Le guetteur regardait le ciel et ne m'avait pas encore vu. Dans quelques secondes, je serai découvert. Je visai calmement sa tête et tirai, sans réfléchir. Il s'écroula en silence. Je bondis vers le corps : je l'avais atteint au-dessus de l'oreille. Cette précision presque inespérée me rassura pour ce qui m'attendait : deux cibles à neutraliser, dans un espace clos en sous-sol. Je décidai de déplacer le cadavre. Je le tirai par les pieds, vers le côté de la maison, là où personne ne le verrait trop facilement. Je notai qu'un cadavre était drôlement lourd à traîner. Personne ne précise ça nulle part. En même temps, ce n'est pas le genre d'anecdote qu'on se raconte devant la machine à café. J'avais temporairement camouflé ma victime mais cela ne ferait pas longtemps illusion : la trainée de sang qu'il avait laissé mènerait directement à sa dépouille.

Je pénétrai en silence à l'intérieur de la structure de béton. L'escalier menant au sous-sol était collé au mur arrière de la maison. Je m'en approchai, baissé, à une distance permettant de ne pas être vu. La pièce devait être profonde et occuper la même surface que le rez-de-chaussée. Impossible de savoir où ils se trouveraient avec précision. Je considérai l'espace autour de moi. Il y avait de bonnes chances qu'ils soient au milieu de la pièce. Si j'étais eux, je m'installerais à cet endroit. Surtout si le sous-sol était identique au rez-de-chaussée : un grand espace vide. Dans une pièce comme ça, sans fenêtre, qui irait se coller à un mur ?

Je tendis l'oreille. Je finis par distinguer une conversation. Deux hommes. Le ton semblait détendu. Pas d'éclat de voix ni d'agressivité. Je me lançai dans un savant calcul prenant en compte le volume sonore pour en déduire la position des deux gardiens. Oh, et puis merde ! De toute façon, je n'avais pas de caméra de surveillance pour confirmer où ils se trouvaient, il faudrait bien que je finisse par descendre là-dedans !

D'un pas assuré mais silencieux, je descendis l'escalier, qui était occulté par un mur de parpaing. Arrivé sur la dernière marche, je fermai les yeux une seconde avant de m'avancer. Je vis tout d'abord Lisa, inconsciente et accrochée par les poignets à un treillis métallique fixé au plafond. Elle était quasiment nue et portait des marques de lacération sur les bras et la poitrine. Cette vision me mit instantanément dans une rage folle : mes pires prévisions s'étaient avérées exactes !

Quant aux deux salauds responsables de ça, ils devisaient tranquillement, à quelques mètres de là. L'un des deux se tourna vers moi, légèrement étonné. Avant qu'il n'ait eu le temps d'ouvrir la bouche, je me mis à tirer. Les détonations étouffées du pistolet se succédaient et je vis ces deux enfoirés chanceler. Ne leur laissant aucun répit, j'avançai vers eux en continuant à tirer. Celui qui m'avait vu le premier essayait d'attraper quelque chose, sans doute une arme. Je finis ma course en lui balançant un coup de pied rageur au visage avant de loger une balle dans la tête de chacune de ces deux ordures. Je laissai tomber mon arme. Je tremblai comme une feuille, et me sentis prêt à pleurer. De colère. Je lançai un regard en direction de Lisa, toujours inconsciente. Bordel ! Elle était peut-être morte… Je m'approchai d'elle et entrepris de la détacher. Elle respirait. Je la serrai dans mes bras, enfin soulagé de la savoir sauve, et me mit à chuchoter, autant pour elle que pour moi :

— C'est fini. Tout va bien. Tout va bien maintenant. Je suis là.

32.

Comme promis, Luca avait patiemment attendu dans la voiture. Lorsqu'il me vit arriver, portant Lisa, encore inconsciente, il courut vers moi. Il était en nage. Dégoulinant aurait été le terme exact. Il jeta un rapide coup d'œil à Lisa, que j'avais vêtue de cette veste qu'elle m'avait choisie, quelques jours auparavant à Monaco. Luca m'intima de m'installer sur la banquette, à côté de notre nouvelle passagère. Il se mit en route sans dire un mot. Je m'étais assis à l'arrière, la tête de Lisa posée sur mes genoux. Je caressai ses cheveux, plus pour me rassurer que pour la réconforter. Dire que je l'avais crue invincible… Je sentais que je m'en voudrais longtemps d'avoir traîné à lui ramener ces foutus *canolli*…

Je reconnaissais la route. Nous revenions en direction de Syracuse. Ça ne me paraissait pas la meilleure idée ; je me voyais mal débarquer à l'hôtel avec Lisa dans cet état et, surtout, s'il y avait d'autres ravisseurs que ceux que je venais de… tuer – Bon Dieu ! Je venais de froidement liquider trois hommes. Des salopards, sans aucun doute. Mais tout de même. Ce qui me faisait le plus peur, c'était que je n'en concevais pas le moindre remords… et que j'étais prêt à recommencer s'il le fallait. Je règlerai mes comptes avec ma conscience plus tard : pour le moment, l'objet de mes interrogations était notre destination. J'interpellai Luca à ce sujet. Les grands esprits, en tous cas criminels, devaient se rencontrer aussi puisqu'il me confirma qu'il avait eu le temps d'y réfléchir :

— On va chez la *mia nonna*[25]. Enfin, en vérité, c'est la sœur de ma grand-mère. Angelina. Elle habite une maison isolée à Buscemi, c'est à quelques kilomètres d'ici, dans les terres. Vous y serez en sécurité.

J'étais rassuré, du moins temporairement. Quelques minutes plus tard, il bifurqua et nous entreprîmes l'ascension vers le village. Nous étions en pleine campagne, avec pour seule architecture des murs de pierres sèches délimitant des terrains escarpés sur lesquels je me demandais ce qu'on pouvait bien faire pousser. En d'autres circonstances, j'aurais apprécié la vue sur ces terrains et collines parsemés de rochers blancs, tantôt éclatants lorsque le soleil se reflétait sur eux, tantôt gris, à l'ombre des nuages. La route se fit plus étroite, ce qui ne dérangea pas Luca, qui continuait à circuler au milieu de la route, imperturbable. J'avais déjà noté cette propension des Italiens à conduire ainsi et m'étonnais sans cesse qu'il n'y ait pas plus d'accidents sur les routes transalpines.

Après avoir traversé ce qui ressemblait à une petite forêt, Buscemi fut en vue. Un petit village compact et ramassé que nous laissions sur notre droite, continuant sur la route principale. Il tourna bientôt à droite dans une rue dégagée, la *via Aldo Moro*. La route traversait une grande plaine, quelques chevaux paissaient en bordure du chemin, ou plutôt de la route de chèvres sur laquelle nous circulions. Nous ne serions pas trop dérangés dans un coin pareil. En même temps, si quelqu'un venait nous exécuter, il ne le serait pas non plus… On ne pouvait pas tout avoir.

La maison de la *nonna* était identique à l'image que je m'en étais faite : une bâtisse carrée, sans fioritures, au toit

---

[25] Ma grand-mère.

de tuiles et aux persiennes fermées. La porte d'entrée était ouverte, protégée des insectes par un rideau de lanières de plastique multicolores. Luca nous précéda et se dirigea directement vers la cuisine. J'attendais dans l'entrée, comptant les tomettes ébréchées du corridor. J'entendis une conversation, menée sur un ton conspirateur. En fait de conversation, cela ressemblait plutôt à un monologue, tant je ne distinguai que la voix de Luca. Il finit par m'apostropher et je me rendis à mon tour à la cuisine, Lisa dans les bras.

Je découvris la grand-tante de Luca, une vieille femme, petite, sèche et voûtée sur laquelle j'aurais bien été en peine de mettre un âge. Pas un sourire, pas un mot. Elle me fit signe de la suivre et j'entrepris de grimper la volée d'escaliers menant à l'étage. Était-ce parce que je portais Lisa ou bien est-ce que la *nonna* était étonnamment alerte, je n'en savais rien mais je trouvais qu'elle progressait bien rapidement. Elle m'indiqua une pièce, une chambre à l'allure spartiate. Un lit, une table de nuit et une armoire. Je déposai Lisa sur le lit, sous le regard de la vieille femme. Elle me gratifia ensuite d'un signe de la main, me notifiant, sans discussion possible, mon congé. Je compris qu'elle allait prendre soin de Lisa et qu'elle entendait que cela reste une affaire de femmes.

Luca était toujours là. Il m'indiqua qu'il reviendrait dans vingt-quatre heures et qu'entretemps, je ne devais pas quitter cette maison dans laquelle il me répéta, une fois encore, que nous étions en sécurité. Il s'assura tout de même que j'avais bien conservé mon arme, que j'avais eu la bonne idée de récupérer avant de quitter les lieux. J'étais peut-être un tueur amateur mais pas complètement fou non plus. Je l'avais ramassée avant de sortir Lisa de cet infâme sous-sol. Il termina par un trait d'humour qui détendit l'atmosphère de ces dernières heures : je ne ferai aucun progrès en italien avec *la nonna*, qui ne parlait pas mais compensait largement son silence par sa maîtrise de la recette des *spaghetti alla Siracusana* dont elle refusait obstinément de lui transmettre sa recette…

Je me retrouvai seul dans cette maison inconnue dont le silence n'était rompu que par le plancher de l'étage qui craquait au rythme des allées et venues de la vieille femme. Je décidai d'explorer les lieux. La cuisine ouvrait à l'extérieur sur une tonnelle sous laquelle une table recouverte d'une toile cirée criarde était placée. Je décidai de m'asseoir à l'ombre de cet abri, après avoir vérifié que je n'y serai visible de personne, quand bien même la cour arrière de la maison ne donnait que sur des champs déserts. Un premier moment de calme depuis que ma vie avait changé, pour toujours. J'étais toujours partagé entre la gravité de mes actes et la revendication de ceux-ci. Non, je ne regrettais rien et si c'était à refaire, je le referais. Je frémis cependant en réfléchissant à la chance insolente que j'avais eue. Abattre trois hommes sans aucune difficulté, sans la moindre anicroche, j'avais beau ne pas être un habitué de la chose, je savais que ce n'était pas banal. Je voulais croire que le destin avait décidé de me faciliter les choses et y voir un signe du bien-fondé de mes actes. Oeil pour œil, c'était un des principes cher à ma mère. Je me disais que si elle me voyait, elle serait fière de moi. Je voulais le croire en tous cas.

33.

En dépit du calme régnant dans la maison de la *nonna*, je n'avais réussi à trouver le sommeil que tard dans la nuit, cogitant encore et encore sur cette journée qui ne voulait pas se terminer.

La difficile digestion du repas qui m'avait été servi n'y était sans doute pas étrangère non plus. Luca n'avait pas menti au sujet des vertus culinaires de la veille femme : ses *spaghetti alla Siracusana* étaient exceptionnels. Cette recette, confectionnée à partir d'une sauce à base de sardines, de chapelure et d'ail, le tout très légèrement empreint de tomates était une totale découverte. J'en avais repris deux fois, sous l'œil bienveillant d'Angelina, qui n'avait pas décroché la mâchoire de tout le repas. Elle s'était occupée de Lisa, qui récupérait. J'étais passé la voir avant de me coucher : elle dormait, l'air paisible. À la voir ainsi, il était difficile d'imaginer ce qu'elle venait d'endurer. Cette seule idée me révulsait. Je ne parvenais à me calmer qu'en me répétant que j'avais mis un terme, définitif, à son calvaire.

Malgré le peu de sommeil, je m'étais réveillé aux aurores. Installé sous la tonnelle, un café propre à réveiller un mort en mains, j'entendis soudain une voix familière derrière moi :

— Alors, c'est toi, mon sauveur ?

Je me retournai et découvris Lisa dans une chemise de nuit ornée de broderie anglaise, à la blancheur éclatante.

Je me levai d'un bond, la serrai dans mes bras, avant de légèrement me reculer et lui dire d'un souffle :

— Bon Dieu ! Que je préfère te voir debout, en un seul morceau !

— Il en faut plus que ça pour Lisa Marmara !
Tu vas me raconter comment nous sommes arrivés ici, j'imagine.

Au fur et à mesure que je lui contais mes péripéties ainsi que l'alliance de fortune formée avec Luca, je la sentais de plus en plus captivée et étonnée par mon récit. Lorsque j'eus terminé, elle se leva et s'approcha de moi. Elle attrapa mon visage entre ses mains et, droit dans les yeux, me lança un « merci » aussi ému que pouvait l'être quelqu'un comme Lisa. Elle retira ses mains de mon visage et poursuivit, sur le ton décontracté que je lui avais toujours connu depuis notre rencontre :

— En tous cas, je vais te dire un truc, Atlan : tu m'épates. Vraiment. Tu as montré à quel point tu étais plein de ressources et surtout, tu t'es montré déterminé, sans parler de ton efficacité en combat rapproché ! Pour un peu, j'en viendrais à me demander si ton dossier mentionnant un boulot dans les assurances n'a jamais été qu'une couverture !

Elle ne me regardait plus comme avant. Il y avait à présent, de la fierté dans ses yeux, de l'admiration. Une chose que je n'avais plus décelée dans un regard depuis bien longtemps. Après quelques instants d'un silence partagé, Lisa, sur un ton de confidence, m'indiqua :

— Je dois te dire quelque chose.

Je la fixai, compatissant. Je m'attendais à ce qu'elle me raconte son chemin de croix. J'étais prêt à l'entendre, peut-être que cela m'aiderait à passer au travers de son épreuve, notre épreuve.

— Voilà, ça risque de ne pas te plaire mais il faut que je te le dise, surtout après ce que tu as fait pour moi… Cet enlèvement, je l'avais prévu. Anticipé. Pour ainsi dire, planifié.

Nous n'avions que trop peu d'éléments pour être capables d'avancer rapidement, surtout au pays de l'Omertà[26]… Alors j'ai décidé de servir d'appât et c'est pour ça que j'ai balancé le nom de Vedovotto à ce crétin chez Amaro construction, persuadée qu'il rapporterait immédiatement la chose à ses patrons. Ils ont été vite en besogne, ça, je dois bien l'avouer.

J'étais estomaqué par cette révélation :

— Quoi ? Mais je rêve, c'est pas possible ! Tu t'es mise en danger, comme ça, sur un coup de tête ? Et sans même me prévenir ? Ben non, c'est pas grave ce qu'il peut penser, ce con de David ! Pas grave qu'il se fasse un sang d'encre, que son monde s'écroule en une seconde !

J'avais lâché ces paroles sans même prendre le temps de les réfléchir, de les soupeser. Une réaction épidermique, viscérale. Lisa me répondit, du tac au tac :

---

[26] Loi du silence

— Ah, ne ramène pas tout à toi, s'il te plait ! Oui, je ne t'ai pas prévenu, il fallait que ça ait l'air authentique et c'était pour te protéger également. En attirant l'attention sur moi, je te mettais à l'abri. Et puis, je savais que tu t'opposerais à cette idée, que tu essayerais de m'en dissuader, que nous allions nous engueuler, perdre du temps or il fallait agir vite. Du reste, cette idée m'est venue durant la conversation avec le bellâtre. Tu comprends que je ne pouvais pas m'enquérir de ton approbation devant lui…

— Mais tu aurais pu m'en parler en sortant !

— Ah, je t'arrête là : nous en avons parlé ! Même que tu as critiqué mon initiative d'avoir balancé le nom de Vedovotto. Je n'allais pas t'annoncer que j'étais à peu près certaine qu'ils chercheraient à m'enlever, hein. Imagine la tête que tu aurais faite ? Tu aurais voulu qu'on s'en aille, qu'on se mette à l'abri…

— Mais enfin ! Comment peux-tu envisager de te mettre ainsi en danger, de servir d'appât ?

— Tu comprends mieux maintenant le sens de l'expression « payer de sa personne », j'imagine.

J'étais séché face à une telle répartie. Comme si se faire enlever, torturer, j'en passe et des meilleures, faisait partie de sa description de tâches ou du *« et toute autre tâche connexe »* ponctuant généralement les offres d'emploi…

Lisa ajouta :

— Cela dit, je dois avouer que je n'avais pas prévu une chose : que ce soit toi qui viennes me délivrer, et si rapidement.

Tu as couru des risques insensés, tu en es conscient ? J'aurais très bien pu m'en sortir toute seule, tu sais.

— Excuse-moi, mais ce n'était pas l'impression que tu donnais, pendue comme un quartier de viande dans ce sous-sol !

Lisa sourit et répéta :

— Je m'en serai sortie seule.

— Ah ben oui, et tu serais revenue à l'hôtel, comme une fleur : « coucou, me revoilà ! Tu ne t'es pas trop ennuyé pendant mon absence ? »

Non mais, je rêve ! Pire que ça : j'hallucine ! Pincez-moi, quelqu'un…

Je compris que je ne serai jamais au bout de mes surprises avec une femme telle que Lisa. Qu'elle était comme ça et que je ne changerai pas les rayures de ce zèbre-là. Je décidai d'en prendre mon parti. Ma colère commençait à s'apaiser. Je revins à « son plan » :

— Est-ce que tu as au moins appris quelque chose ?

— Oui. Même si j'aurais pu en apprendre plus si tu n'avais pas déboulé si vite… Ils envoient une cargaison dans deux jours. Je ne sais pas de quoi mais je sais où. Elle partira d'un chantier naval, *via stentinello*, au nord de Syracuse. Ils en ont parlé devant moi alors qu'ils pensaient que j'étais encore inconsciente. De toute façon, je crois qu'ils en auraient parlé quand même, ils n'avaient aucune intention de me libérer, donc n'avaient pas besoin de se faire particulièrement discrets.

— Une cargaison. Ça ne nous avance pas beaucoup, mais c'est au moins une piste. Donc nous n'aurons plus qu'à aller surveiller ça.

— Surveiller ? Intercepter, oui ! Et si, au passage, j'ai la chance de pouvoir dézinguer quelques-uns de ces bâtards, je ne me gênerai pas !

— À propos de bâtards, tu en as appris plus sur eux ?

— Pas vraiment. Mais il n'y a pas grand mystère derrière tout ça : ce sont des mafieux, nous n'avons pas besoin de savoir nommément qui est derrière tout ça. L'important c'est que nous savons désormais qu'il y a un lien entre Asturi Holding et le crime organisé. Savoir ce qu'ils convoient nous permettra d'obtenir des preuves tangibles et de fournir à France un rapport circonstancié et étayé.

France… Avec les derniers rebondissements, je l'avais complètement oubliée. Ses hommes devaient être sur place, à la recherche de Lisa.

Je donnai à Lisa les détails de mon appel téléphonique. Elle répondit en souriant :

— Procédure habituelle. Elle a sûrement dû envoyer « Pipo et Mario ».

— Pipo et Mario ?

— C'est le surnom que je leur ai donné, tant ils manquent cruellement de sens de l'humour. Ils pourront nous être utiles pour récupérer la cargaison. Je vais appeler France pour la mettre au courant.

— Lisa… Quand tu l'auras au bout du fil, tu en profiteras pour lui dire que, finalement, je me suis montré suffisamment « qualifié »… Elle comprendra.

34.

Après notre conversation, Lisa récupéra son portable pour contacter France. Elle s'était éloignée de la tonnelle, profitant du soleil du matin en faisant des allées et venues en bordure du terrain de la *nonna*.

D'après les mouvements de son bras gauche, j'en déduisis qu'elle argumentait avec France. J'avais du mal à imaginer la raison de cet échange mouvementé. France souhaitait peut-être que nous rentrions sur Paris, estimant que nous en avions assez fait ? Il nous manquait pourtant encore une preuve incontestable du lien d'Asturi holding avec la mafia locale. Utiliser le témoignage de Lisa me semblait difficile, voire déconseillé, compte tenu de la nature de nos activités… Au point où j'en étais, je ne doutais plus que notre client soit la fameuse firme supposée nous employer : ABBH. J'en étais convaincu. Et je voyais mal ce concurrent direct d'Asturi holding se baser sur des faits impliquant Lisa, une « employée » d'ABBH, d'autant plus que cet emploi était tout à fait officieux.

L'antagonisme entre les deux femmes ne semblait pas s'arranger : Lisa levait à présent la tête vers le ciel, tout en se tapant le front avec sa main qui avait cessé de brasser de l'air autour d'elle. Je ne l'avais jamais vue ainsi. J'imaginais France Pasquier, à l'autre bout du fil, vissée à son fauteuil et haussant le ton, comme elle l'avait récemment fait avec moi. Si, pour ma part, j'avais adopté l'attitude « cause toujours, tu m'intéresses », Lisa semblait avoir opté pour l'affrontement. Elle se tourna vers moi et se frappa le front à plusieurs reprises. J'aurais juré voir ses lèvres articuler un « elle est complètement folle » venant du cœur !

Après quelques allées et venues, alors que j'avalais la dernière gorgée de mon café sans la quitter des yeux, la situation sembla s'éclaircir. Lisa marqua une pause et parut soudainement détendue. Elle sourit puis raccrocha, avant de se diriger vers moi, lumineuse :

— Ça n'a pas été facile mais nous avons l'autorisation de continuer à agir ! J'ai dû me battre, bec et ongle. Non mais tu le crois, ça ? Alors que sans moi, on piétinerait toujours !

Je ne pus m'empêcher de noter l'usage par Lisa du pronom personnel :

— Il est vrai que c'est « toi » qui t'es jetée dans la gueule du loup, sans rien me dire, tout comme il faut mentionner que « moi » je me suis juste contenté de te libérer…

Lisa se mit à me regarder de travers :

— Ah, mais c'est pas vrai ! Tu ne vas pas t'y mettre toi aussi ! Qu'est-ce que vous avez tous, ce matin ?

— Pardon ?!

Lisa ferma les yeux et prit une profonde inspiration avant de poursuivre :

— Tu as raison. Tout à fait raison, même. C'est juste que… Je ne m'y ferai jamais. Je me mets dans des situations impossibles – de ma propre initiative, ok – et à chaque fois, je dois me justifier et me battre encore pour terminer le taf ! Ça ne serait pas plus simple de me dire juste « bravo » ?

Et ça n'enlève rien à ce que tu as fait pour moi...

— Même si tu vas me dire que tu étais capable de te débrouiller comme une grande...

— Non. Enfin oui, mais ce n'est pas ce que je voulais dire.

— Je pense avoir saisi l'idée, ne t'en fais pas. Et donc, quelle est la suite des opérations ?

— Une planque près du chantier naval. Nous aurons le soutien de Pipo et Mario. France les prévient. Ils vont rappliquer ici et nous amener du matos. Cette fois-ci, nous serons armés jusqu'aux dents et les deux comiques assureront le soutien.

— N'oublie pas que Luca doit revenir nous voir. Il avait dit vingt-quatre heures.

— Nous ne bougerons pas avant la nuit et puis, je dois le remercier, lui aussi. Il nous donnera des nouvelles des morts que vous avez semés sur votre route... J'ai demandé à la vieille si elle avait une télévision et bien sûr, wallou. J'écouterai la radio, à tout hasard. Il est possible que rien n'ait encore été découvert.

— Crains-tu que ta libération fasse tomber la livraison à l'eau ? Ils pourraient être prudents et l'annuler...

— Impossible. Je les ai clairement entendus dire qu'elle ne pouvait pas être reportée, c'est pour ça qu'ils ont agi si vite pour m'enlever. Et, vu que tu as tué les trois connards qui me détenaient, ils n'auront pu dire à personne ce qu'ils se sont raconté sous mon nez.

— Dans ce cas, il ne devrait pas y avoir de souci.

— Atlan, tu deviens un pur professionnel ! Quel ton assuré ! Tu m'as l'air aussi imperturbable que déterminé !

Pendant que tu savoures mes compliments, je vais profiter du temps qu'il nous reste avant l'arrivée des deux comiques pour aller prendre une douche bien méritée.

Je suivis Lisa des yeux alors qu'elle pénétrait dans la cuisine. Notre vieille hôtesse était affairée derrière l'évier et je vis pour la première fois un sourire éclairer son visage. J'en venais à me demander si elle connaissait déjà Lisa ou s'il s'agissait d'une sympathie qu'elle ne réservait qu'aux femmes. En tous cas, je n'y avais pas eu droit, ça, j'en étais sûr !

Je réfléchissais aux derniers mots de Lisa. J'avais pris de l'assurance, je ne pouvais le nier. Je me sentais comme un justicier, qui avait tué de sang-froid et sans coup férir trois hommes. Trois... Pour un premier essai, je n'avais pas fait les choses à moitié... Cependant, j'étais toujours sans le moindre remords, près de vingt-quatre heures après. Étrange sensation. Je levai les yeux vers la tonnelle. J'avais l'impression de voir au-delà de la vigne qui la recouvrait. Je devinai le ciel bleu, pourtant invisible d'ici. Je savais bien que je n'étais pas devenu clairvoyant en l'espace de quelques heures et j'interprétai cette sensation comme une nouvelle perspective, un regard qui pouvait, à présent, voir plus loin que l'immédiat. Avec ou sans vêtements de luxe, j'avais changé. Radicalement.

Paradoxalement, après avoir semé ces cadavres, je me sentais aussi terriblement vivant. Les mots de Lisa sur la nécessité de profiter de l'instant présent comme si c'était le dernier, prenaient à présent tout leur sens.

Je restai là, à méditer, mon esprit flottant dans le vague, refusant de se focaliser sur une pensée précise. Le temps s'était suspendu et je n'aurais su dire combien de temps s'était écoulé depuis que Lisa avait pris congé. Lorsqu'elle revint, elle était accompagnée de deux hommes, que j'identifiai comme étant les mystérieux Pipo et Mario. J'en eus confirmation lorsque Lisa me les présenta, employant ces surnoms, qui étaient près de susciter son hilarité :

— David, je te présente nos deux anges gardiens du moment, Pipo et Mario. Ils n'ont pas leur pareil pour nettoyer les ordures et les scènes de crime. Des orfèvres, tu peux me croire sur parole.

Je me levai et entrepris de leur serrer la main. J'avais imaginé des tueurs à gages à la mine patibulaire et je me retrouvai devant deux « messieurs Tout-le-Monde », ce qui ne faisait qu'accroître leur dangerosité, me dis-je en les détaillant. Pas de physique body-buildé, ni de tatouages. En revanche, le sourire ne faisait pas partie de leur panoplie, la chose paraissait évidente au premier regard. Le genre de types avec lesquels on ne se risque pas à un trait d'humour, tant ils y semblent imperméables. Ça les rendait angoissants. Un type qui ne rigole jamais, c'est inquiétant. Mettez-en deux ensemble, et vous obtenez une chape de glace qui s'abat soudainement sur la Sicile brûlante. Le plus petit des deux avait une cicatrice en travers du sourcil droit, qui se traduisait par une absence de pilosité à cet endroit, ainsi qu'une fossette au menton, que l'on devinait encore derrière sa barbe de trois jours. Quant au plus grand des deux, le plus corpulent aussi, bien qu'il demeure fin, ce furent ses cheveux poivre et sel qui attirèrent mon attention. Je l'aurais très bien vu médecin et je me fis la remarque qu'avec une blouse blanche, il passerait parfaitement incognito dans un hôpital. Non seulement ils n'étaient pas drôles, mais en prime, ils n'étaient guère bavards. Lisa entreprit de faire la conversation :

— Vous avez apporté le matos habituel ?

— Tout ce que tu peux rêver, Marmara. Planque standard ?

— Oui. Il me faut des armes de poing, un fusil à lunette et des lunettes de vision nocturne. Je te prendrai aussi un MP5 et une lame. Rajoute un boitier avec télé 500mm, on doit ramener le plus de preuves possible. Il faudra récupérer la cargaison – ne me demande pas ce que c'est, je n'en sais rien – et tâcher de garder un de ces salopards en vie. Vous le ramènerez en France dans votre coffre.

Le plus petit des deux opina, pendant que le grand était déjà loin. Il revint avec deux sacs, un grand qu'il posa sur la table et un petit qu'il tendit à Lisa :

— Tenue de combat, j'ai pensé que ça te serait utile.

Lisa le remercia d'un clin d'œil et entreprit d'ouvrir le grand sac d'où elle sortit, un à un les accessoires demandés :

— Atlan, tu vas pouvoir t'amuser avec des nouveaux jouets !

*

Je n'eus guère le temps de lier connaissance avec mes deux nouveaux amis, repartis aussitôt la livraison terminée.

Ils devaient se tenir prêts pour le lendemain soir et se faire oublier d'ici là. Comme ils n'étaient pas du genre à faire du tourisme, je les imaginai se regardant en chiens de faïence dans leur chambre d'hôtel. Je m'estimais heureux de me trouver au grand air, en compagnie de Lisa et nourri par la *nonna* !

Je contemplai le sac rempli d'armes, pensif. J'imaginai déjà ce que serait la nuit du lendemain. J'avais eu mon baptême du feu, si bien que je n'étais pas anxieux à la perspective d'un « coup de main ». Au contraire : cette fois-ci, je pourrai compter sur Lisa et les deux barbouzes. Voilà qui était rassurant.

Lisa réapparut, toute de noir vêtue. Un pantalon de treillis et un tee-shirt ajusté formaient sa « tenue de combat ». Je notai également qu'elle était à présent chaussée de godillots qui n'auraient pas déparé dans un paquetage militaire. L'examen de ses vêtements ne lui avait pas échappé ; elle commenta :

— Je sais, il y a plus sexy, mais on n'a pas encore fait mieux pour la soirée qu'on se prépare !

Bon, puisqu'on a du temps à tuer d'ici là, je vais en profiter pour t'apprendre deux ou trois trucs.

Elle ouvrit le sac et en sortit l'appareil photo :

— Tu sais te servir de ça ?

— Ben aujourd'hui, les appareils photo, c'est plutôt simple, non ?

— T'as vu le bouzin ? Un 500mm, ça pèse son poids et ça se traite avec précaution. Il est impératif que tu augmentes la vitesse et l'ouverture. On augmentera la sensibilité ISO pour capturer le mieux possible les mouvements. On s'entraînera cette nuit.

— J'en déduis que c'est moi qui vais être chargé de prendre les photos ?

— Tu as déjà prouvé que tu étais le roi de la photo volée, tu te souviens, n'est-ce pas ? Dis-toi que c'est l'occasion de passer à la vitesse supérieure : un vrai paparazzi !

— Et ben voilà, ma prochaine reconversion est assurée ! Plus sérieusement, je suis prêt pour le reste aussi…

Je laissai ma phrase en suspens, tout en pointant du doigt les armes dans le sac.

— Oui, je sais. Mais tu es encore sous le coup de l'euphorie liée à la chance du débutant. C'est là que tu risques le plus de faire des erreurs. On va quand même se préparer. Je n'ai pas le temps de te donner une formation complète sur chacune de ces armes, tout au plus te familiariser avec leur maniement, que tu sois capable de t'en servir en cas de besoin. Mais de ce que j'ai cru comprendre, tu as un don pour ça aussi…

Lisa entama une démonstration en règle du maniement des armes, les manipulant avec une dextérité qui trahissait des années de pratique. Elle démontait les pistolets tout en me regardant et m'expliquait au fur et à mesure le rôle des différents organes de l'arme. À la regarder, les choses paraissaient d'une simplicité évangélique… J'eus l'occasion de me rendre compte qu'il n'en était rien lorsqu'elle me demanda de mettre en pratique sa démonstration.

Ma professeure se montrait patiente et m'expliquait de façon limpide mes erreurs, si bien que mes tâtonnements furent vite réglés. À la voir et l'entendre, je n'avais à présent plus aucun doute : elle avait un passé militaire ou quelque chose dans le genre.

La *nonna* nous interrompit et, s'adressant à Lisa lui fit part de l'heure du déjeuner qui approchait et dont l'échéance semblait devoir être respectée religieusement. Après un repas copieux, Lisa profita de notre isolement pour peaufiner mon entraînement au tir, sur un stand improvisé qu'elle mit sur pied, après une bonne heure de marche. Elle me promit que la journée du lendemain serait consacrée aux mêmes activités et se fit rassurante : j'étais un bon élève et je serai plus que prêt.

De retour à la maison, Luca nous attendait, sirotant tranquillement un verre de Marsala sur la terrasse. Après une accolade affectueuse à Lisa et une énorme claque dans le dos à mon intention, le restaurateur nous donna des nouvelles de la ville. Rien n'avait pour l'instant transpiré des morts de la veille. Il s'était assuré, en envoyant l'un de ses serveurs faire une course au port que le bunker de Ricci était demeuré intact. Il nous raconta que, si tel n'avait pas été le cas, son employé, une vraie commère, n'aurait pas manqué de lui en parler. Il n'avait pas poussé le vice à l'envoyer également du côté de la maison en construction mais le silence des médias à ce sujet était plutôt rassurant. Il acheva son bulletin de nouvelles en extirpant d'une poche de sa veste un paquet de cigarettes, qu'il lança à Lisa. Elle l'attrapa au vol et le remercia vivement, avant de poursuivre :

— Luca, nous allons devoir rester ici encore vingt-quatre heures. Après ça, tu n'entendras plus parler de nous. Ça ira ou ça pose un problème ?

— Restez tout le temps que vous voulez ! La *nonna* a l'habitude et elle m'a confié qu'elle vous trouvait d'une compagnie agréable. Et discrets.

35.

Lisa n'avait pas menti : la journée suivante fut bien remplie. Elle m'avait fait répéter encore et encore les mêmes gestes et je commençais à me sentir à l'aise avec une arme à feu. Avec un net avantage pour les armes de poing : le rôle de *sniper* n'était pas mon fort. Un problème de respiration, m'avait dit Lisa. Que nous réglerions plus tard par des cours de yoga. Quelle drôle d'idée, faire du yoga afin de s'améliorer dans l'art de tuer…

Nos deux amis arrivèrent pile à l'heure que Lisa avait indiquée : vingt-deux heures trente. Je ne fus pas étonné de les voir débarquer dans un énorme 4x4 ; à vrai dire, compte tenu de leur pedigree, je ne les aurais pas imaginés dans une Fiat 500…

Le trajet se passa dans le silence le plus complet, exception faite du ronronnement du gros moteur diesel. Nous roulions sur la *via Sentinello*, une route à peine pavée, entourée de terrains vagues et jonchée d'immondices. Je reconnus même un frigo au milieu d'un tas d'ordures. Lisa indiqua à Pipo, notre chauffeur, qu'il devrait tourner dans la prochaine allée à droite. Un chemin de terre entouré de hauts grillages, laissant apparaître, à environ un kilomètre des entrepôts à gauche et des bateaux en cale sèche à droite. D'un signe de la main, elle indiqua l'entrée du premier bâtiment dans lequel le véhicule s'engouffra après que notre copilote eut ouvert le lourd grillage métallique. L'entrepôt n'avait pas été utilisé depuis longtemps ainsi qu'en témoignait l'épaisse couche de poussière qui recouvrait les quelques meubles laissés à l'abandon.

— Atlan, tu viens avec moi à l'étage, on va installer fusil et appareil photo. Les gars, vous allez vous installer dans des bateaux en cale sèche, de façon à couvrir l'ensemble du périmètre.

Le ton ferme et décidé de Lisa inspirait confiance. Je ne pus m'empêcher de noter également que nous étions loin du cadre des dîners mondains monégasques. L'étage était composé de différents bureaux, distribués tout autour du bâtiment. Lisa choisit le bureau d'angle, plus grand que les autres. Sans doute l'ancien bureau du patron. Elle m'indiqua de l'aider à déplacer des tables, afin de les positionner à proximité des fenêtres. Une fois la manœuvre terminée, Lisa ajouta :

— Il n'est pas beau, notre petit nid d'amour ? Allongés côte à côte, toi avec l'appareil et moi avec le fusil ? Nous verrons tout sans être vus.

— Je sens qu'une folle nuit de passion nous attend ! Mais en dehors de ça, quel est ton plan ?

— Un plan ? C'est pour les *losers*, les plans ! On observe ce qui se passe et on agit en conséquence. Lorsque la cargaison arrivera, tu commences à mitrailler. Lorsqu'elle sera prête pour l'embarquement, on sèche les cibles, en tâchant de laisser en vie celui qui donne les ordres. En gros celui qui gueule le plus fort de la bande. Ça sera un objectif secondaire si tu assures niveau photos. Après ça, on plie bagage, direction la frontière. Il faudra sortir du pays sans trop se faire remarquer. J'ai déjà ma petite idée là-dessus.

— OK et si ça tourne au vinaigre ?

— Ce que tu peux être négatif, Atlan ! Non mais, as-tu vu la *dream team* qu'on fait ? Avec les deux comiques, nous sommes pratiquement invincibles. Je les ai vus dégommer trente gus à eux deux. OK, à grand renfort de grenades défensives, mais ça n'enlève rien à la performance, tu en conviendras.

— J'avoue que je n'ai pas beaucoup de points de comparaison… Je te fais confiance : s'ils suscitent ton admiration, c'est qu'ils assurent.

— Et comment ! C'est pas tout ça, allonge-toi sur la table et prends des photos des lieux pour te familiariser avec l'environnement.

Je m'exécutai et posai l'appareil avec son trépied fixé sur l'imposant objectif, à même de soutenir l'imposant ensemble, au bout de la table. La position était moins inconfortable que je ne me l'étais imaginé. Je me mis à examiner les lieux, tout en détaillant mes observations :

— Un stationnement vide, d'une capacité d'environ dix voitures. Juste à côté, il y a les bateaux en cale sèche, sur des structures métalliques… ou de bois, dur à dire d'ici. Je vois également un quai, d'une longueur d'une vingtaine, non une bonne trentaine de mètres, si je me sers du marquage au sol des places de parking comme échelle. Des grands bacs à poubelle qui débordent de matériaux, entre le quai et le stationnement. Un immense bac à fleurs à gauche, qui ferait une bonne cachette en cas de fusillade, là, tu le vois ?

Lisa s'était installée à mes côtés et observait également les lieux à travers la lunette du fusil qu'elle avait installé sur sa table. Elle tenait l'extrémité de la crosse dans sa main gauche, assurant ainsi de son bras une prise ferme sur l'arme. Elle commenta :

— Pour moi peut-être, mais pas pour nos amis. Tu les as repérés ?

J'observai les bateaux mais ne trouvai aucune trace de nos deux anges gardiens.

— Tu ne les trouveras jamais. Je les connais assez pour savoir que Mario doit être planqué à l'intérieur d'une cabine afin de zieuter à travers un hublot. Quant à sa moitié, elle doit se trouver sur un *flying bridge*[27], préférant l'air libre depuis qu'il a goûté aux joies de la captivité durant trois mois. Au Tchad. Tiens, tu vois ce grand bateau en bois, à gauche ? Il est là. Quant à Mario, je pense qu'il est dans le bateau le plus proche de nous. Celui avec la bande zébrée sur la coque.

Instinctivement, je photographiai ces bateaux, en prenant soin d'avoir au passage la vue la plus large possible. En cas de problèmes, ces clichés pourraient servir à expliquer qui a fait quoi.

Je regardai ma montre : vingt-trois heures vingt-deux. La nuit promettait d'être longue mais je sentais le bout du tunnel arriver. Lorsque le jour se lèverait demain, nous en aurions terminé avec cette affaire et, quoi qu'il arrive, plierions bagage. J'aurai de nombreuses questions à poser

---

[27] Pont extérieur situé au-dessus de la cabine de bon nombre de bateaux à moteur de type « *cabin cruiser* ».

à France, sur nos commanditaires et les méthodes employées. Ce que j'avais pris jusqu'ici pour une simple agence de détectives ressemblait de plus en plus à une annexe de la DGSE...

Lisa interrompit mes pensées :

— Dis-moi, Atlan...

— Mooooui ?

— J'ai une question qui me turlupine. En fait non. Deux.

— C'est le moment des confidences sur l'oreiller, on dirait... Même si nous n'avons pas consommé, vas-y, je t'écoute !

— Ben justement. En matière de consommation. Tu es le premier mec qui n'a pas cherché à me poser la moindre question au sujet de...

— Tes préférences ?

— Perspicace, avec ça.

— Et qu'aurais-tu voulu que je te pose comme question ? Comment ça t'est venu ? Si tu le vis bien ? Si tu n'as pas été tentée d'essayer ou de réessayer avec un homme... moi tant qu'à faire ?

Qui suis-je pour juger ça ? En fait, non : il n'y a même pas matière à « juger ». C'est comme ça et puis c'est tout. On ne va pas en faire un fromage.

Je t'avoue cependant que ton baiser, à Monaco, je ne suis pas prêt de l'oublier. Et ce qui le rend encore plus beau, c'est que, même s'il était fait « pour la bonne cause », il traduisait les prémices d'un amour impossible. C'est pour ça qu'il était si beau.

— Atlan, tu me scies. Vraiment ! Tu es un vrai romantique, l'air de rien !

— Je prends ça comme un compliment. J'ajouterai que l'idée de te perdre m'a été insupportable. Sans ça, je n'aurais peut-être pas agi comme je l'ai fait…

— Justement… Je n'aurais pas fait mieux pour amener ma deuxième question : tu ne m'as rien demandé d'autre sur ma captivité que les informations que j'avais pu obtenir…

— Je crois que ce que j'ai vu était suffisamment parlant, non ? Ce n'est pas mon boulot de te cuisiner mais je sais que, quoi qu'il te soit arrivé là-dedans, tu fais preuve d'une résilience hors du commun. Soit tu es un robot, soit tu es une vraie pro. Ou les deux. En tous cas, pour la deuxième hypothèse, je n'ai aucun doute. Le moment venu, tu m'en parleras. Ou pas. Et ça ne changera rien en ce qui me concerne.

— Tu sais quoi ? Je pense que je vais continuer à bosser avec toi. Tu te débrouilles pas si mal, mine de rien !

Le silence s'installa après cet échange. À l'extérieur, rien ne bougeait et je me demandais à quel moment nous aurions enfin du mouvement, venant même à douter que nous en ayons tout court.

Une vingtaine de minutes passèrent ainsi. Jusqu'à ce qu'une voiture vienne se stationner à côté des bateaux.

Un homme descendit et fit un tour rapide des environs. Sans doute un guetteur, chargé de repérer les lieux et de s'assurer que la voie était dégagée. Après une ronde rapide, il attrapa son téléphone et initia une brève conversation. Tout en parlant, il tournait sur lui-même et je profitai du moment où il me faisait face pour l'immortaliser, non sans un léger sursaut lié à la crainte d'être vu. Nous étions demeurés invisibles. L'homme se rassit dans sa voiture et attendit. La lueur d'un briquet indiqua qu'il s'était allumé une cigarette, qu'il fumait tranquillement. Des lumières apparurent bientôt au loin, sur la mer. Un bateau. Il venait droit vers nous et, l'espace d'un instant, je m'interrogeai sur le risque que ses projecteurs nous démasquent. Lisa me rassura :

— Ils vont devoir braquer leurs projos sur le quai pour accoster. Relax.

Elle avait vu juste. L'homme sortit de sa voiture et vint à la rencontre des deux membres d'équipage qui avaient débarqué. Ceux-là étaient armés de fusils automatiques. Je photographiai le navire, ainsi que le trio.

La sonnerie d'un téléphone se fit entendre. Celui de l'automobiliste. Une conversation encore plus brève que la précédente. Au bout de cinq minutes, une camionnette apparut. L'une des plus grosses que l'on pouvait trouver. Suivie d'une autre et enfin d'une troisième. Elles se garèrent côte à côte. Les conducteurs et passagers des véhicules descendirent et ouvrirent les portes. J'avais le doigt sur le déclencheur, prêt à shooter. J'entendis crier : « *Dai, dai dai ! Andiamo !*[28] »

---

[28] Allez, allez, allez ! En avant !

Je n'en crus pas mes yeux : la marchandise n'était autre que… des hommes ! Ils descendirent en bon ordre des camionnettes et je distinguai des adultes et parfois même des adolescents… J'en étais bouche bée. Il fallut l'intervention de Lisa pour que je reprenne pied dans la réalité :

— Shoote, bordel !

J'obtempérai et me mis à accumuler les clichés, tout en commentant :

— Putain ! Je le crois pas : nous sommes tombés sur un trafic d'êtres humains !

— Vraiment des beaux salauds ! Et bien c'est simple : on va libérer des otages ce soir !

36.

Je m'attendais à une action instantanée après un tel appel à l'action. Il n'en fut rien : Lisa demeurait immobile. Elle attrapa calmement une radio et adressa un message à Pipo et Mario :

— Je compte onze cibles. Je m'occupe des deux à l'extrême gauche et vous neutraliserez tous ceux que vous pourrez après. Nous descendrons ensuite finir le boulot et vous resterez en couverture, ok ? On essaie d'en garder un vivant.

Elle obtint deux réponses aussi brèves qu'affirmatives, s'enchaînant à la perfection. On eut dit que ces deux-là étaient cachés au même endroit tant la synchronisation était impeccable.

Lisa m'indiqua de me tenir prêt à foncer à l'extérieur, prenant soin de préciser qu'à partir de maintenant les photos n'étaient plus nécessaires. Je la vis ajuster sa visée et, quelques secondes plus tard, appuyer sur la gâchette de son fusil. Une détonation assourdie fusa et je vis sa première cible à terre. Elle enchaîna immédiatement sur la suivante, profitant de l'effet de surprise qui ne durerait pas. Sur le parking, les hommes commençaient à comprendre. L'un des gardiens s'était mis à couvert, pendant que les autres tentaient tant bien que mal de contenir leurs prisonniers, qui commençaient à sérieusement s'agiter. J'aurais cru qu'ils allaient courir et s'enfuir de façon désordonnée, mais il n'en fut rien. Lisa donna le signal de départ. Je n'avais jamais dévalé aussi vite une volée d'escaliers et, alors que nous mettions le pied au bas de l'escalier métallique, des détonations résonnèrent, cette fois non assourdies. Le timing était parfait, les gardiens échangeaient des tirs nourris avec Pipo et Mario, qui demeuraient quasiment inatteignables dans leurs cachettes. Je courais à droite de Lisa, mon pistolet à la main, tandis qu'elle brandissait sa mitraillette. Elle fit feu sur le premier homme armé se trouvant sur notre chemin et me cria :

— Reste près de moi !

Pris entre deux feux, ils n'avaient aucune chance. Les prisonniers quant à eux, eurent le temps de nous voir débouler. Coincés, eux aussi, dans cette souricière, ils se couchèrent sur le sol. Ce ne devait pas être la première fois qu'ils se retrouvaient ainsi, au milieu des balles qui fusaient.

Je m'apprêtais à tirer sur l'un des hommes armés lorsque Lisa me prit de vitesse, ponctuant son tir d'un « pas encore assez rapide, Atlan ! » Encore des échanges de tirs puis, le silence. Lisa m'ordonna de ramasser les armes et de les mettre à bonne distance : « on ne sait jamais » fit-elle, en désignant du menton nos victimes étendues à terre.

Le reste de notre équipe nous rejoignit rapidement alors que les ex-otages se relevaient et nous dévisageaient. Je m'apprêtai à les gratifier d'un sourire lorsque je découvris que leur stupeur s'était muée en ressentiment… Je ne rêvai pas ! Ils semblaient… en colère ! Bordel ! Nous venions de les libérer et c'est comme ça qu'ils nous remerciaient ?

Lisa chuchota :

— Oh oh… Je me demande dans quel merdier nous sommes tombés. Ils n'ont vraiment pas l'air ravis de notre coup de main…

Je la regardai du coin de l'œil. Je décelai une pointe d'inquiétude. Elle lança à Pipo et Mario :

— *Crowd control[29]* standard !

Je les vis se déplacer stratégiquement, de façon à couvrir l'ensemble des issues que les hommes pourraient emprunter. Lisa s'adressa à la foule, en anglais. Elle n'eut pour toute réponse qu'un murmure qui monta, indistinctement. Elle enchaîna dans une autre langue. Je reconnus des mots d'arabe et découvris que loger dans le XIXe arrondissement avait des avantages insoupçonnés jusqu'alors… La mélodie m'était familière, quelques mots aussi, mais j'aurais bien été incapable de comprendre quoi que ce soit.

La clameur augmenta d'un cran. L'un des hommes s'avança. Grand et longiligne, il portait un tee-shirt à l'effigie d'un club de foot anglais. Il commença à parler, sur un ton agressif qui eut pour effet d'encore augmenter le sourd grondement de ses compagnons d'infortune.

Lisa n'était pas en reste et haussa à son tour le ton. Même si elle n'avait pas tenu une arme, à la place du grand noir, je l'aurais trouvée menaçante. Il semblait totalement imperméable aux arguments de Lisa et continua à s'avancer vers elle. Sans même sourciller, elle tira sur l'homme, qui s'écroula.

---

[29] Contrôle de la foule.

Après tous ces morts en quelques minutes, j'étais rassuré de constater qu'elle ne l'avait pas tué : il gesticulait en tous sens et, se tenant le tibia, se mit à hurler.

Lisa le gratifia d'un profond « ta gueule ! » qui venait du cœur, une sorte de langage universel que, cette fois-ci, il comprit enfin.

Nous contenions cet attroupement hostile. La situation s'était figée et apparaissait temporairement sous contrôle. Je me demandais bien comment les choses pouvaient évoluer. N'y voyant pas d'issue évidente, je lançai à Lisa :

— Et maintenant, on fait quoi de tous ces mecs ? C'est une « cargaison » qui va être difficile à rapporter incognito, hein ?

— On va se contenter d'un échantillon. Tu as bien pris des photos de tout le groupe, tout à l'heure ?

— Oui, j'ai ça. Du reste, tu auras remarqué que vous n'avez laissé aucun malfrat en vie ?

— C'était secondaire… on se débrouillera sans. Bon, laisse-moi réfléchir deux secondes… On ne peut pas tous les ramener. Le plus simple c'est de les laisser partir. Qu'ils nous reconnaissent ou non n'a pas grande importance, nous serons loin et lorsque la police entrera dans le décor, elle conclura à un règlement de comptes local.

Lisa entama une revue en règle des hommes présents dont certains la dévisageaient avec une haine non dissimulée. Elle s'arrêta devant un gamin, qui devait avoir treize ans à tout casser et lui fit signe de sortir du rang.

Après l'avoir amené à l'écart, elle entama la discussion en arabe, avant de passer au français pour lui murmurer :

— Dis-moi, comment est-ce que tu t'appelles ?

— Jemal, madame.

— Laisse tomber les madame avec moi, Jemal. J'ai besoin de savoir deux ou trois choses. Je suis sûre que tu peux m'aider. De quel pays viens-tu ? Tchad ?

— Niger. Je viens d'Agadez. Nous avons tous traversé la Libye pour embarquer vers ici.

— Je vois…
J'ai une mission pour toi. Je te propose d'aller à Paris, avec mes deux amis, ceux-là, à droite. Là-bas, tu rencontreras des gens qui vont te poser des questions sur les gens avec qui tu étais. Ceux qui vous ont fait traverser la Méditerranée et ceux qui devaient vous envoyer au Moyen-Orient. Il faudra que tu donnes tous les renseignements que tu as aux personnes qui te les demanderont, en France. Sur ceux qui vous ont emmené, comment, et la route que vous avez suivie, enfin, tu verras avec eux. J'imagine que ta famille est restée au bled et t'a envoyé pour ramener de l'argent…
Je t'ai choisi parce que j'ai senti que tu pourrais nous aider. Je ne me suis pas trompée, n'est-ce pas ? Tout ce que tu auras à faire, ça sera de dire la vérité. Après ça, ils s'occuperont de toi et de t'offrir une nouvelle vie, ok ?

Du haut de ses treize ans, le gamin hocha la tête, prenant son air le plus rassurant. Il était plutôt convaincant et semblait en tous cas sincère. La simple perspective de cette nouvelle vie, même sans autres détails, suffisait à son bonheur.

Lisa l'attrapa doucement par les épaules et, le fixant droit dans les yeux, termina :

— Je compte sur toi, Jemal.

Je n'avais pas raté une miette de cette histoire, hélas de plus en plus habituelle ces temps-ci. Tous ces hommes que la misère pousse vers les côtes européennes. En revanche, un tel « encadrement » ne faisait pas partie des habituels reportages que les journaux télévisés nous servaient régulièrement… Lisa se tourna vers moi :

— C'est bon, nous avons notre échantillon ! Il palliera à l'absence de malfrats par son témoignage. Tu as vu son regard ? Comme il a l'air vif et débrouillard ?

Je n'avais pas prêté attention à ces détails. Le sort de ses congénères me préoccupait davantage :

— Et les autres, on en fait quoi ? Ne me dis pas que…

— Mais non… qu'est-ce que tu crois ?

On va leur rendre leur liberté. Je ne suis pas une meurtrière de sang-froid, mais je ne suis pas non plus Mère Teresa, hein !

Lisa entama un discours en arabe, dans lequel j'imaginais qu'elle indiquait à tous ces hommes qu'ils étaient à présent libres. Un échange avec l'homme à terre s'ensuivit, cette fois sur un ton bien plus courtois mais néanmoins empreint de reproches. Lisa marqua un temps d'arrêt avant de lui répondre et finit par leur ordonner de quitter les lieux, joignant le geste à la parole. Ils se mirent en route, presque à contrecœur. Pour des otages récemment libérés, je les trouvais décidément bien peu enthousiastes.

Je fis un détour par le hangar pour y récupérer fusil et appareil photo. Nous étions enfin prêts à quitter les lieux quand, au moment d'embarquer dans la voiture, je demandai à Lisa :

— Il faudra que tu m'expliques pourquoi ils nous détestent au lieu de nous remercier, je sèche total, là…

— C'est bien simple : ils ont été récupérés sur les plages de Sicile après une traversée que je te laisse imaginer… À peine arrivés, ils ont été « pris en charge » par la mafia locale et se sont fait promettre monts et merveille : ils devaient partir travailler… au Moyen-Orient pour ce que nous considérons comme des salaires de misère mais représente une véritable petite fortune pour eux. Nous venons de leur enlever la perspective d'un boulot lucratif pour eux et leurs familles…

Je fis immédiatement le lien avec les budgets d'Asturi Holding et les coûts anormalement bas de mains d'œuvre… Nous étions donc tombés au milieu d'un réseau d'esclavagistes modernes…

La multinationale italienne s'était donc acoquinée avec le crime organisé qui servait de rabatteur pour lui fournir de la main-d'œuvre corvéable à merci. Il leur suffisait de cueillir les migrants sur les plages et de leur faire miroiter quelques centaines d'euros. Le mécanisme ne manquait pas d'ingéniosité et satisfaisait tout le monde : Asturi holding qui trouvait une main d'œuvre à un tarif imbattable, la mafia qui, par son opportunisme machiavélique, utilisait un drame humain pour en faire de l'argent et, enfin, les autorités qui devaient d'autant plus facilement fermer les yeux sur ce trafic qu'il les débarrassait d'un encombrant problème par un ingénieux « retour à l'envoyeur »… Magnifique machination où ces hommes étaient réduits à des paires de bras.

Je pris Lisa à part :

— Et puis quoi ? Tu les laisses partir comme, ça, dans la nature ? Ils n'ont plus rien, bordel !

— Je ne suis pas leur mère, hein ! Pour eux, arriver sains et saufs en Europe, c'est déjà presque inespéré !

— Non mais je rêve, là ! Tu ne te soucies pas plus que ça de ces pauvres hommes ?

— Ça ne fait pas partie de la mission. Tu veux faire quoi ? Je vais te dire la vérité : ils vont se retrouver comme la plupart de leurs congénères, à essayer de trouver leur chemin à travers l'Europe. Dans le pire des cas, ils se feront choper par les autorités et seront pris en charge. Que veux-tu que je te dise de plus ?

— Par exemple qu'on va les aider, non ?

— Ah oui et comment ? Tu veux peut-être qu'on leur donne des armes ?

— Pas des armes. Bien sûr que non. Tu es sûre que tu n'as rien d'autre ?

Je regardai autour de moi : ces hommes s'étaient éparpillés, errant sur les lieux d'embarquement de leur hypothétique voyage. Les plus hardis avaient entrepris de faire les poches des cadavres que nous avions semés. Cet état de misère intense me révulsait. Je pris Lisa à témoin :

— Tu ne peux pas laisser faire ça. Regarde : ils font les poches des mafieux, tu te rends compte ?

— Bienvenue dans la vraie vie, Atlan…

Je la fixai, sans rien dire. Au bout de quelques instants, elle fulmina :

— Putain que t'es chiant comme mec !

Elle se dirigea vers le coffre de la voiture et se mit à fouiller l'un des sacs de Pipo et Mario. Elle en sortit une imposante liasse d'argent et rameuta la troupe. Puis, s'adressant à nous, elle lança :

— Assurez-vous qu'ils se mettent en bon ordre pour la distribution. Il faut que ça se fasse vite et dans le calme.

Elle ajouta ensuite à mon intention :

— Je n'ai pas besoin d'être Mère Teresa ; je fais équipe avec l'abbé Pierre !

37

Hormis un passager supplémentaire, coincé entre Lisa et moi sur la banquette arrière, le trajet en voiture ressemblait diablement à celui de l'aller. À cette différence près que le terme « silence de mort » prenait à présent tout son sens. Le gamin ne posait pas de questions. Lisa avait raison à son sujet : il semblait vif et me donnait l'impression d'emmagasiner toutes les informations possibles à la vitesse grand V. Nous étions à présent à bonne distance du chantier naval. Lisa indiqua à Pipo de nous trouver un endroit tranquille, sans en dire plus.

Notre chauffeur s'exécuta et obliqua à travers un terrain vague qu'il traversa sans ralentir, avant de s'arrêter sur le sable d'une longue plage, éclairée par la seule lueur de la lune. Tout le monde descendit, sauf le gamin, à qui Lisa ordonna de rester à l'intérieur, d'un ton aimable mais ne laissant pas de place à la discussion.

Nous nous étions regroupés autour du capot de la voiture. Lisa prit la parole :

— Vous avez assuré les gars. Tous autant que vous êtes. Il reste à organiser le retour.

S'adressant spécifiquement aux deux barbouzes, elle indiqua :

— Vous ramenez le gamin à Paris. France saura quoi faire avec lui. Nous avons des photos qui prouvent le trafic mais ce gosse aura sûrement des informations précieuses pour elle, dont elle se servira en dehors du cadre officiel de notre mission. Je vais la prévenir de votre départ et vous aurez sûrement besoin de récupérer avant la frontière des papiers pour lui, selon les méthodes habituelles.

Ils acquiescèrent, l'air entendu des vieux routards qui avaient déjà procédé ainsi à d'innombrables reprises. Je n'y comprenais rien et mis mon ignorance sur le compte de mon arrivée récente dans la « profession ». Un tel degré de professionnalisme et ces moyens, quasi illimités, comprenant la confection et l'acheminement de faux papiers, un arsenal de guerre et l'absence totale de crainte d'être attrapés par la police me conduisaient à une seule conclusion possible : ma nouvelle vie était bien plus proche de celle d'un James Bond que d'un Nestor Burma… Le moment n'était cependant pas propice aux questions. Le gamin nous observait, de l'intérieur du véhicule. Il était d'un calme qui contrastait avec son jeune âge.

Lisa se rendit à l'arrière de la voiture et ouvrit le coffre. Je l'entendis farfouiller dans les énormes sacs contenant notre artillerie. Elle revint avec le petit sac, débarrassé de l'encombrant appareil photo.

— Les gars, c'est ici qu'on se quitte. Il y a un petit port de pêche pas loin, c'est là qu'Atlan et moi nous rendons pour une évacuation discrète.

Quelques secondes plus tard, sans le moindre au revoir, ils étaient déjà loin. Il ne restait plus que Lisa et moi sur cette longue bande de sable, au beau milieu de la nuit.

— J'imagine que la mention du port de pêche n'était pas due au hasard et que nous ne rentrerons pas à pied à Paris ?

— On ne va pas tenter le diable : nous quitterons le pays dans un bateau de pêcheurs, qui nous déposera à Malte. À partir de là, nous serons tranquilles pour rentrer à Paris.

— Et… c'est tout ? On s'arrête là, comme ça ?

— Qu'est-ce que tu voudrais faire de plus ? Éradiquer la pieuvre sicilienne à toi tout seul ? Retourner présenter tes hommages à Simona et donner une claque dans le dos à ce con de Giovanni, à Monaco ?

— J'ai la désagréable impression qu'il me manque des bouts, dans cette histoire… Jouer l'idiot utile ne me dérangeait pas dans les dîners mondains à Monaco mais là… tu ne me dis pas tout. Sans blague, tes deux copains, ce sont des tueurs à gages ou des barbouzes, c'est pas possible autrement ! Et toi ? Est-ce que tu te rends compte que tu t'es jetée dans la gueule du loup, comme ça, sur un coup de tête ?

— Ah… On ne va pas reprendre cette conversation, hein. Quant à « l'idiot utile » comme tu dis, tu ne t'es pas si mal débrouillé pour un bleu, c'est ce que je dirai à France en tous cas.

— Je vois que tu ne comptes pas m'en dire plus. Alors je vais te la raconter moi, l'histoire. Il était une fois un gars paumé, qui était tombé sous le radar d'une agence gouvernementale non officielle, le genre à faire des « *black ops*[30] », parce qu'il avait… quoi ? Tiens, un don pour l'observation et un fort potentiel inexploité, tout en étant tellement quelconque qu'il pouvait passer inaperçu. Admettons… Il se fait recruter, gros billets à l'appui et se retrouve dans la peau d'un paparazzi que *Voici* pourrait engager. Mais ça, ce n'est que le début, parce que figure-toi que ses nouveaux employeurs ont un meilleur rôle pour lui. Il faut un équipier à l'une de leurs vedettes – oui, toi – pour une enquête reliée à des multinationales, des marchés publics, bref, des gros sous. Ladite enquête a d'ailleurs déjà été bien entamée et ça urge de trouver ce gus. Paf ! Après son entretien d'embauche, on l'envoie à Monaco, avec pour mission de jouer le cave de service, ce qu'il fait de bon gré. Après une aventure rocambolesque, la fine équipe trouve des documents et – c'est là que le sens de l'observation de notre ami entre en jeu – ça les mène en Italie, sur les traces d'un avocat vieux beau qui en croque. Alors forcément, le duo de choc le fait parler – je te passe les détails sur la façon de procéder – et il nous conduit tout droit au fin fond de la Sicile, où sa partenaire a l'idée – lumineuse – de se faire enlever par je ne sais quels mafieux.

Mais comme notre pépère s'est attaché à sa partenaire, il va faire preuve de trésors d'ingéniosité pour la libérer et va même commettre trois meurtres pour y parvenir ! Rien que ça !

Notre chevalier blanc sauve la gentille princesse qui n'en fait qu'à sa tête et elle l'entraîne de nouveau dans une planque qui finit avec une bonne dizaine de cadavres supplémentaires… Mais ce n'est pas tout ! Il s'avère qu'en prime, la fameuse « cargaison » n'était autre que de la chair humaine. Dingue, hein ?

---

[30] Opérations secrètes.

Tu ne trouves pas que nous sommes « un peu » loin de marchés truqués ?

— Les voies du crime sont impénétrables, Atlan. Je note que tu es en tous cas doué pour raconter des histoires alambiquées… On s'y croirait.

— Vas-tu un moment arrêter de te payer ma tête ? Je pense que j'ai largement mérité des vraies réponses, tu ne crois pas ?

Lisa marqua une pause. Je vis sa bouche se tordre légèrement et ses yeux vagabonder, cherchant un repère invisible dans ce décor désertique. Elle se mit en marche, m'invitant à la suivre :

— Je n'ai pas grand-chose à ajouter à ta version des faits. France est à la tête d'une agence de renseignements privée, qui opère avec des cellules distinctes. Nous n'avons officiellement aucun lien avec le gouvernement, l'armée ou qui que ce soit d'autre. Nos « clients » nous arrivent en revanche par le truchement de recommandations provenant parfois d'officiels. En l'occurrence, celle-ci nous a bien été confiée par ABBH, et je t'épargnerai les intérêts croisés entre les politiques et la multinationale. L'objectif était de trouver tout renseignement qui permettrait de favoriser l'offre de notre cliente par rapport à celle de son principal concurrent, Asturi Holdings. Je pense que de ce côté-là, on a touché le jackpot. Entre les liens étroits entretenus avec la mafia et le trafic de migrants, je pense que ça va faire mal. Il est cependant tout à fait possible que personne n'en entende jamais parler. Il suffira peut-être d'une réunion au sommet pour que Asturi Holdings décide subitement de se retirer du marché, laissant le champ libre à ABBH…

Voilà. La vérité, c'est que tu travailles pour le grand capital, avec des méthodes que personne ne peut officiellement endosser.

Je restai sans voix face à ces révélations qui n'étaient qu'autant de confirmations de la théorie que j'avais échafaudée. Nous faisions donc le sale boulot de dirigeants qui se foutaient éperdument du sort des hommes que nous avions libérés, d'un gamin comme Jemal, contraint de risquer sa vie pour éviter de crever de faim.

Lisa enchaîna :

— Tu as des questionnements philosophiques, David ? Il ne faut pas. C'est comme ça que marche le monde, mais tu sais, au final, le vrai pouvoir, c'est nous qui l'avons puisque nous sommes les seuls capables de faire changer le cours des choses. Nous, les porte-flingues. Nous sommes les pitbulls de gars en costards… Qui est le plus dangereux des deux, d'après toi ?

— Ben voyons ! Non mais sérieusement : et qui va s'en mettre plein les poches, à ton avis ?

— Si j'étais toi, j'attendrais de savoir combien cette « enquête » va te rapporter avant de commencer à te la jouer Che Guevara du XIXe arrondissement… Je te garantis que tu vas pouvoir envisager sereinement l'avenir. Mais je vais te dire autre chose, Atlan : durant ces quelques jours, il t'a poussé une sérieuse paire de couilles ! Tu as changé. Non. Tu es transfiguré. Et puis, tant qu'on y est, je vais te dire un autre truc : je travaillerai à

241

nouveau avec toi demain, sans hésiter une seconde ! Je vais même dire à France que je ne veux bosser qu'avec toi à présent !

Lisa était sincère, je n'avais aucun doute là-dessus. Je n'aurais sans doute pas utilisé les mêmes mots qu'elle mais j'en étais arrivé à la même conclusion : je n'étais plus le même. Cette transformation avait cependant un prix, un côté sombre. Qu'il s'agisse de mes actions ou de leur finalité. En parlant d'actions… J'avais ôté la vie à trois hommes en quelques minutes. Des ordures, mais des hommes tout de même. J'avais agi avec une détermination sans faille et un étonnant sang-froid. Pour la meilleure des causes : sauver quelqu'un à qui je tenais. J'oscillai entre terreur et admiration, dans une ambivalence étrange. J'avais ensuite été témoin et acteur d'un coup de main où, cette fois-ci, je n'avais mitraillé qu'à coups d'appareil photo mais où les morts se comptaient sur les doigts des deux mains. Je me persuadai que le monde serait bien meilleur sans ces salopards quand bien même je ne me faisais aucune illusion sur le sort des prochains migrants qui échoueraient sur les côtes siciliennes…

Dire qu'il y a quelques jours à peine, j'étais coincé dans mon cubicule et faisais bien attention à traverser dans les clous… Mon échelle de valeurs, celle qui avait guidé ma vie toutes ces années était à présent sans intérêt ni pertinence. C'est bien simple, je ne me posais même pas la question de savoir si nous serions « inquiétés » par nos actes, tant ils semblaient couler de source à Lisa, qui avait une réponse à tout.

Au-delà des questionnements entre le bien et le mal, j'allais devoir désormais vivre avec cette part d'ombre. Mes actions n'avaient donc été guidées que par des intérêts qui m'échappaient, commandités par des fantômes.

Mon besoin de comprendre, d'analyser les faits réclamait d'en savoir plus sur eux. Une connaissance qui ne viendrait qu'avec le temps, par petites touches et demeurerait parcellaire.

Je décidai de mettre mes questionnements philosophiques de côté pour le moment. La chose qui comptait le plus pour moi à cet instant, c'était que je me sentais capable de tout, cette impression que rien ne m'était plus inaccessible. Le monde était à portée de ma main. Quoi qu'il arrive, ma vie ne serait plus jamais la même.

Je fixai Lisa, qui avait profité de mes réflexions pour allumer une cigarette. Je me serais fait descendre pour elle et je savais que, dans des circonstances similaires, j'agirais à nouveau à l'identique. Je m'approchai d'elle et l'attrapai par l'épaule :

— Lisa, j'en ai autant à ton service : ce nouveau « boulot », je ne l'envisage aussi qu'avec toi.

Je vais prendre tes paroles pour un compliment, et je vais même te dire que je suis touché. Tiens, pour un peu, j'aurais même envie de t'embrasser, tu vois !

— Wow, elle se calme, la paire de couilles ! Si tu étais une grande blonde, je n'aurais pas dit, mais on va garder ce genre d'effusions pour les missions sous couverture !

Il n'y avait plus rien à ajouter. Le jour commençait à poindre sur le port de pêcheurs dont Lisa avait parlé et qui n'était plus qu'à quelques centaines de mètres. Bientôt, nous embarquerions à bord d'un chalutier en direction de Malte et, au milieu des effluves de poisson, de l'air iodé et du sel, je regarderai cette fille incroyable, entrée dans ma vie il y a quelques jours à peine et bien décidée à y rester. Tout en me disant que mon statut de scribouillard était définitivement derrière moi, peu importe ce que l'avenir me réserverait. Je savais à présent qu'il n'avait été qu'une étape dans ma vie. Un détail insignifiant me vint soudain à l'esprit :

— Tu sais quoi, Lisa ? Il faudra tout de même que j'appelle mon bureau pour leur balancer ma démission !

FIN

Note de l'auteur

Après sept romans consacrés à Rossetti & MacLane, il était temps de leur offrir des vacances temporaires, d'où le roman dont vous venez d'achever la lecture. J'espère que les aventures de David Atlan et Lisa Marmara vous auront plu ; j'ai en tous cas éprouvé une joie intense à créer de nouveaux personnages sortant d'un cadre qui devenait peut-être trop confortable !

Écrire demeure un énorme plaisir pour moi, encore augmenté lorsque vous me faites part de vos retours. N'hésitez donc pas à m'adresser vos commentaires, qui sont toujours les bienvenus.

Vous pouvez me rejoindre de différentes manières :

Courriel : info@jeromedumont.com
Twitter : @jdumont06
Site web : http://jeromedumont.com/
Facebook : www.facebook.com/rossettimaclane

Il est également possible de vous abonner à une liste de diffusion dans laquelle je publie, à fréquence très modérée (un envoi mensuel au plus), l'actualité marquante de mes publications.

Enfin, si ce livre vous a plu, une évaluation sur le support d'achat est toujours grandement appréciée et contribue à faire connaître ce roman !

Merci de votre confiance !

Jérôme Dumont

Remerciements

Derrière un livre auto-édité, il y a l'auteur, mais également toute une équipe composée de relecteurs, de correcteurs, d'artistes graphiques. Je les remercie chaleureusement de m'épauler dans cette tâche ainsi que pour leurs talents, leurs yeux de lynx et leurs conseils.

Il y a ensuite, et surtout, les lecteurs : votre confiance et vos témoignages sont la plus belle des récompenses qu'un auteur puisse souhaiter !

Enfin, il serait injuste de ne pas mentionner les blogs qui ouvrent de plus en plus leurs colonnes aux auteurs auto-édités et me font l'honneur de chroniquer mes ouvrages : votre soutien est inestimable !

La couverture de ce roman a été réalisée par Kathleen Duhault dont je ne peux que recommander vivement le travail !

Du même auteur :

La série Rossetti & MacLane

Jeux dangereux
(Rossetti & MacLane, 1)

Une enquête cannoise
(Rossetti & MacLane, 2)

Une affaire de famille
(Rossetti & MacLane, 3)

Trois balles dans le buffet
(Rossetti & MacLane, 4)

Un froid de loup
(Rossetti & MacLane, 5)

Scoumoune niçoise
(Rossetti & MacLane, 6)

Tension à bord
(Rossetti & MacLane, 7)